为传统经典注入新的时代内涵

为新时代提供传统的营养源泉

中华经典名篇

诸子锦言启智慧

中华书局《月读》编辑部 编著

中央党校出版集团◎大有书局

图书在版编目（CIP）数据

诸子锦言启智慧 / 中华书局《月读》编辑部编著 . —北京：大有书局，2021.7
（中华经典名篇）
ISBN 978-7-80772-026-3

Ⅰ . ①诸… Ⅱ . ①中… Ⅲ . ①文学欣赏—中国
Ⅳ . ① I206

中国版本图书馆 CIP 数据核字（2021）第 123241 号

书　　名　诸子锦言启智慧
ZHUZI JINYAN QI ZHIHUI
作　　者　中华书局《月读》编辑部　编著
丛 书 名　中华经典名篇
项目统筹　刘韫劼
策　　划　叶敏娟

责任编辑　叶敏娟　周　舟
装帧设计　罗　洪
责任校对　许海利
责任印制　李　怡
出版发行　大有书局
（北京市海淀区长春桥路 6 号　100089）
综 合 办　（010）68929273
发 行 部　（010）68922366
经　　销　新华书店
印　　刷　北京盛通印刷股份有限公司
版　　次　2021 年 7 月北京第 1 版
印　　次　2021 年 7 月北京第 1 次印刷
开　　本　140 毫米 ×203 毫米　1/32
印　　张　6.375
字　　数　98 千字
定　　价　38.00 元

本书如有印装问题，可联系调换，联系电话：（010）68929022

出版说明

大有书局是中共中央党校（国家行政学院）主管主办的一家中央级出版机构，为更好地融合传统文化与主题出版资源，我书局与中华书局合作，从其主办的《月读》杂志中精选一批历年来深受读者好评、以传统文化为核心内容的优秀作品，按照“人物故事”、“经典名篇”和“名著导读”三大类别编辑形成系列图书，希望其中包含着的修德立身精神、治国理政智慧有益于读者尤其是党政干部读者。

呈现给读者的系列图书，旨在古为今用，推陈出新。“人物故事”系列用时代精神讲述古圣先贤的生平、功绩、思想及贡献，希望能给读者提供现实借鉴；“经典名篇”系列汇集体现诸子文士思想精华的锦言妙文，有学习引用之便；“名著导读”系列以当下的视角解读中华传统经典名著，力图给读者以新解新知。为满足读者的阅读需求，我们在整理过程中逐渐形成“突出经典，彰显从政智慧”的编选原则，在对大量原作进行归类整理、勘误校正的基础上，重点选择那些既与现实热点、大事大势结合紧密，同时又体现传统经典趣味性、知识性及思想性的文章。该系列图书力图做到小而美、精而雅，使传统经典常读常新，焕发新的阅读乐趣。

大有书局

2021年4月

目录

目录

目录

《尚书》

敬重德行，国祚长久

我不可不监于有夏[①]，亦不可不监于有殷。我不敢知曰[②]，有夏服天命，惟有历年；我不敢知曰，不其延。惟不敬厥德，乃早坠厥命。我不敢知曰，有殷受天命，惟有历年；我不敢知曰，不其延。惟不敬厥德，乃早坠厥命。今王嗣受厥命，我亦惟兹二国命，嗣若功。

王乃初服[③]。呜呼！若生子[④]，罔不在厥初生，自贻哲命。今天其命哲，命吉凶，命历年。知今我初服，宅新邑[⑤]。肆惟王其疾敬德！王其德之用，祈天永命。

其惟王勿以小民淫用非彝[⑥]，亦敢殄戮用乂民[⑦]，若有功。其惟王位在德元，小民乃惟刑用于天下，越王显[⑧]。上下勤恤，其曰：我受天命，丕若有夏历年，式勿替有殷历年欲王以小民受天永命。（《尚书·召诰》）

注释

① 监：通“鉴”，这里指可以使人警惕或引为教训的事。有夏：指夏朝，后一句中的“有殷”指商朝。

② 知：语助词。

③ 初服：指初次处理政务。

④ 生子：指十五岁的少年，古人认为十五岁的少年情欲初生，故称“生子”。

⑤ 新邑：指洛邑，今河南洛阳。

⑥ 淫：放纵，过度。彝：法度。

⑦ 乂（yì）：治理。

⑧ 越：发扬光大。

大意

我们不能不以夏代为鉴戒，也不能不以商代为鉴戒。我不敢说，夏接受上天的大命，能够经历长久；我也不敢说，它不能经历长久。我所知道的是因为夏王不敬重德行，才早早地丧失从上天那里接受来的大命。我不敢说，商接受上天的大命，能够经历长久；我也不敢说，它不能经历长久。我所知道的是因为商王不敬重德行，才早早地丧失了天命。现在我王承受了上天赐予的大命，愿他能够考虑这两个朝代兴亡的缘由，接受它们的教训，继承它们的大功。

我王刚刚治理国家。啊！这好比少年刚刚成人，成功与失败无不在这个时候，必须给他明智的教导。现在上天把大命赐给了明智之人，至于降下的是吉是凶，给予的时间是长是短，这是很难预料的。我所知道的是，我王刚刚治理国家，要营建新的都邑。愿我王赶快敬重德行！王啊，只有根据道德行事，才能保持天命的长久。

愿我王不要让百姓放纵自己做出非法之事，也不要一味用杀戮的办法来治理百姓，这样才能获得成功。愿我王居于天子之位而有圣人的大德，百姓自行按照法度行事，以此发扬我王的美德。君臣上下勤劳忧虑于政事，这样大概可以说：我们接受的天命，会像夏代那样久远，不止于商代那样久远。愿我王和臣民共同接受上天赐予的永久大命。

点评

《尚书》是儒家经典之一，又称《书》或《书经》。“尚”通“上”，《尚书》就是上古的书，是中国第一部上古历史文件和部分追述古代事迹著作的汇编。

据《史记》的《周本纪》和《鲁周公世家》记载：

周武王去世时，继位的周成王年龄尚幼，因而周公“代成王摄行政当国”。七年之后，周公还政于成王，自己“北面就臣位”。就在这一年，成王决定营建洛邑，并派太保召（shào）公主持其事。在营建过程中，周公曾去洛邑视察。一般认为《召诰》一文是此时召公所作，让周公呈递给成王的。诰是勉励、劝诫的意思。全文充满了对周成王的劝勉之词，这从选文中可见一斑。

选文围绕“敬德”这个主题展开论述，首先指出夏朝和商朝都曾受天命，却由于君主不重德行而导致亡国；继而勉励成王要以此为鉴，做到敬重贤人，施行德教，爱护百姓，勤于政事，以继承和发扬周文王、周武王的功业，使周朝的国祚长久不衰。对于这些教导，周成王确实铭记在心并付诸实践，他与其子周康王在位期间，社会安定，百姓和睦，“刑错四十余年不用”，被誉为成康之治，周成王也成为中国历史上的一代明君。

秦誓①

公曰②：“嗟！我士，听无哗！予誓告汝群言之首。古人有言曰：‘民讫自若是多盘③，责人斯无难。惟受责俾如流，是惟艰哉！’我心之忧，日月逾迈，若弗云来。

“惟古之谋人，则曰未就予忌；惟今之谋人，姑将以为亲。虽则云然，尚猷询兹黄发④，则罔所愆。番番良士⑤，旅力既愆⑥，我尚有之。仡仡勇夫⑦，射御不违，我尚不欲。惟截截善谝言⑧，俾君子易辞，我皇多有之！

“昧昧我思之，如有一介臣，断断猗无他技⑨，其心休休焉⑩，其如有容。人之有技，若己有之。人之彦圣，其心好之，不啻如自其口出。是能容之，以保我子孙黎民，亦职有利哉！人之有技，冒疾以恶之。人之彦圣，而违之俾不达。是不能容，以不能保我子孙黎民，亦曰殆哉！邦之杌陧⑪，曰由一人；邦之荣怀，亦尚一人之庆。”（《尚书·秦誓》）

注释

① 秦誓：秦穆公誓众之辞的简称。誓，君主训诫士众的誓词。

② 公：指秦穆公，春秋时期秦国国君，《史记》中被认为是春秋五霸之一。

③ 讫：终，竟。自若：自己顺着自己。若，顺。多盘：这里指人们自乐时失去应有的戒备心理。盘，放心取乐。

④ 猷：同“犹”，还。黄发：代指老人。老人头发变白，久而发黄，故称。

⑤ 番（pó）番：通“皤皤”，头发白的样子。

⑥ 旅力：即膂力，体力、气力。愆（qiān）：亏损。

⑦ 仡（yì）仡：雄壮勇敢的样子。

⑧ 截截：此处代指善辩之士。谝（piǎn）言：巧辩之言。

⑨ 断断：诚恳的样子。猗：兮，语助词。

⑩ 休休：宽容的样子。

⑪ 杌陧（wù niè）：倾危不安的样子。

大意

穆公说：“唉！我的臣民们，听着，不要喧哗！我有重要的话要告诉你们。古人有言：‘人们总是因自以为是而失去戒备，最终导致灾难。责备别人不是难事，接受他人的责备还能从善如流，才是困难的啊！’我心中（为全军覆没之事）忧虑重重，时光流逝，无法再回来，只留下了悔恨。

“那些曾经的谋事之臣，因为没有顺从我的意志，遭到我的忌恨；而现在的谋臣，因为顺从，我便轻易地以他们为亲信了。话虽这样说，有关军国大事还是应当征询年长者的意见，才不会犯错误。头发雪白的老人，虽然体能有所下降，我还是希望有这样的人。雄壮勇猛的武士，虽然箭射得准、车驾得熟练，我还是不愿要这种人。至于那些浅薄善辩之人所说的话，使君子容易疑惑，我此前却听信得太多了！

“我默默地思考，如果有一位耿介之臣，诚实、专一而没有别的技艺，但是他心胸宽广，能够容人，我就应该亲近他。别人贤达明哲，就从心底喜欢，而不只是口头上的赞扬。这就是能够包容的人，既能够保佑我们的子孙，也能使百姓长久地享有利益。别人有技艺，就嫉妒而诋毁；别人贤达明哲，就阻挠、冷落而使他不能通达君上。这种不能够包容的人，既不能够保佑我们的子孙，还会使百姓长久地处于危险当中。所以说，邦国的危机，是由于一人之非；邦国的繁荣安定，也是由于一人的善良。”

点评

《秦誓》是《尚书》中的经典章节，言辞恳挚。公元前627年，秦穆公派大将孟明视、西乞术、白乙丙率领军队远道袭击郑国。老臣蹇叔和百里奚上前劝谏，晓以利害，欲阻止此次行动，穆公不听。结果，秦军回师途中，在崤山（今河南洛宁县西北）遭到了晋军的伏击，竟全军覆没，孟明视等三员大将均被俘。秦穆公对此深感自责，于是发表了这段誓词。

知耻者勇，秦穆公对造成秦军覆没的原因，没有推诿于人，而是悔过罪己：从轻信大臣的献策，草率用兵，到拒绝老臣的纳谏，固执出兵，造成战败，他悔恨再三；经过反思，他认为从政要胸怀宽广、懂得包容、广征意见、从谏如流，且不为巧言所惑。事实证明，秦穆公确实吸取了教训，晋国将孟明视、西乞术、白乙丙三员大将放还后，秦穆公不仅没有一丝责怪，反而素服亲自到东郊迎接，百般抚慰。这在古代是难能可贵的。正是这种过而能改的精神，让秦国逐渐走向强大。

《周易》

理得而成其位

天尊地卑①，乾坤定矣。卑高以陈，贵贱位矣。动静有常，刚柔断矣。方以类聚，物以群分②，吉凶生矣。在天成象，在地成形，变化见矣③。是故刚柔相摩，八卦相荡④，鼓之以雷霆，润之以风雨，日月运行，一寒一暑。乾道成男，坤道成女。乾知大始⑤，坤作成物。乾以易知⑥，坤以简能。易则易知，简则易从。易知则有亲，易从则有功。有亲则可久，有功则可大。可久则贤人之德，可大则贤人之业。易简而天下之理得矣。天下之理得，而易成位乎其中矣。(《周易·系辞上》)

注释

①“天尊”并不是说天尊贵，“地卑”也不是说地低贱。天在上所以说

“尊”，地在下所以说“卑”。这是要君子居于高位则能效法天，居于下位则能效法地。

② 此句指人或物按其性质分门别类各自聚集。方，种、类。

③ 见：通“现”，显现，出现。

④ 八卦：指乾、坤、震、巽（xùn）、坎、离、艮（gèn）、兑八个卦象。

⑤ 知：这里用作“为”，成为，构成。大始：原始，初始。

⑥ 知：通“智”，智慧。

大意

天在上，地在下，乾卦象征天，坤卦象征地，这样，乾坤的位置就确定了。天地间万事万物卑下和高贵上下相列，这样，贵贱也就有了各自的位置。天地之间一动一静都遵循一定的规律，阳刚与阴柔也因此得以分辨清楚。天下的事物各以其类别而聚集，各种动物、生灵也以其不同的群体而区分，吉与凶就在事物的同异中产生。它们在天空中形成天体与日月星辰之象，在大地上形成山川、动植物等景象，事物的变化就是通过它们得以显现。所以，阳刚与阴柔互相碰撞产生了八卦，八卦又相互激荡，用雷霆来鼓动万物，用风雨来润泽万物，日月往来运行之间，形成了寒暑的交替。对于人类而言，乾道象征着男性，坤道象征着女性。乾道主宰万物的创始，坤道承载万物的成长。乾道平易而充满智慧，坤道简易而大有作为。事物平易就容易被理解，事物简易就容易被遵循。容易理解就使人亲近，容易遵循就会取得功效。使人亲近则可以保持长久，取得功效则可以发扬光大。持久是贤人的美德，光大是贤人的功业。若能明白乾坤的平易与简约，就会通晓天下的道理。通晓了天下的道理，就能参合天地之宜，在天地间找到合适的位置立足。

点评

《周易》是我国一部古老的文化典籍，自古就有“伏羲画卦，文王演易，孔门作传”之说。作为中国传统文化的代表著作，它不仅仅是一部占卜之书，更浓缩着古代先民的智慧，蕴含着宇宙自然和人类社会的变化规律和发展道理，被誉为群经之首、大道之源。

现在的《周易》包括《易经》和《易传》两部分。《易经》包含自“乾”至“未济”的六十四卦。每卦有卦画、卦辞、爻辞：卦画以阳爻“—”和阴爻“--”为基本符号，先组成乾、坤、震、巽、坎、离、艮、兑八卦，再两两相重，形成六十四卦；每卦有一条卦辞，用来解释整卦的意义；每卦由六爻组成，每爻有一条爻辞，用来解释一爻的意义。至于《易传》，共有十篇，称为“十翼”，都是解释《易经》的篇章，相传为孔子所作，包括《彖传》两篇、《象传》两篇、《系辞》两篇、《文言传》、《序卦传》、《说卦传》、《杂卦传》。

这段文字选自《易传》中的《系辞上》，文章通过对天高地低、上下相分、有动有静、有刚有柔、乾坤运行、阴阳相推、万物以类相聚、百姓以群相分的描述，阐明了无论是自然界还是人类社会都处在发展变化之中，且存在一个“理”，这个“理”就是事物本身的规律。一个人只有“理得”，即通晓和掌握规律，并有意识地适应自然和社会的发展变化，才能取得伟大的功业，建立持久的德行。西汉名臣公孙弘所说的“此道素行”也在于“天下之急者”的“理得”，因为“理得”才能“罚当罪”“赏当贤”，进而“民不犯”“天下治”。

同心协力，行事谨慎

“同人先号咷而后笑[①]。”子曰：“君子之道，或出或处[②]，或默或语。二人同心，其利断金。同心之言，其臭如兰[3]。”“初六，藉用白茅，无咎[4]。”子曰：“苟错诸地而可矣[5]，藉之用茅，何咎之有？慎之至也。夫茅之为物薄，而用可重也。慎斯术也以往，其无所失矣。”（《周易·系辞上》）

注释

① 同人先号咷而后笑：出自同人卦的九五爻辞。同人卦是《易经》六十四卦的第十三卦，阐释和同的原则。此卦的主要精神是应当破除一家、一族的私见，重视大同，不计较小异，本着大公无私的精神，以道义为基础，于异中求同，积极广泛与人和同，以实现大同世界的理想。

② 或：这里是“有时”的意思。出：出动。处：安处。

③ 臭（xiù）：气味。

④ 初六，藉用白茅，无咎：出自大过卦初六爻辞。大过卦是《易经》六十四卦的第二十八卦。“过”是过分的意思，“大过”即太过分。是说当前的形势对于主方来说是一个太过分的负担，主方不容易对付，但也不是灾难，只是主方需要谨慎处理。

⑤ 苟错诸地而可矣：承接上句，意思是放置白茅草于地垫衬祭品，使祭品洁净，这是对祭祀之事的谨慎敬重。此言君子遵循慎重之道，则行事可以无过失。错，通“措”，放置。

大意

“同人卦之九五爻说：和同于人，起先是痛哭号啕，后来又笑容满面。”孔子说：“君子为人处世的方法是，有时要出门行动，有时要安静地处在自己所处的环境中，有时要保持沉默，有时要发表意见。若两个人能同心同德，其力量就可以像切断金属般的利刃一样强有力。心意相通而说出的话，其气味如同兰草一样芬芳。”“大过卦的初六爻说：用洁白柔软的茅草衬垫祭品，没有什么过错。”孔子说：“如果直接把祭品放置在地上也是可以的，而用洁白柔软的茅草衬垫祭品，又有什么过错呢？这样做只能说明君子办事很谨慎。茅草作为一种物质是轻薄的，而它的作用却是重大的。慎重地运用这种谨慎的方法去做其他事，也将会没有过失。”

点评

儒家思想贵“和”，主张人际之间要和谐、安定、团结、协作。孟子说：“天时不如地利，地利不如人和。”“人和”即指人与人之间的和谐相处、团结协作。荀子强调“能群”：“人之生，不能无群。”“力不若牛，走不若马，而牛马为用，何也？曰：人能群，彼不能群也。”“能群”体现的也是一种合作能力和团结精神。那么，人为什么要团结协作呢？近代思想家梁启超解释道：“人所以不能不群者，以一身之所需求、所欲望，非独立所能给也，以一身之痛苦、所急难，非独立所能捍也。于是乎必相引、相倚，然后可以自存。若是者谓之公共观念。”可以说，同心同德、团结协作，是每个人生存和发展的前提，也是事业取得成功的保障。这种精神铸就了中国人顾全大局的集体主义观念，对增强中华民族的凝聚力、共同抵抗外侮、反对分裂具有重要作用。此外，儒家还强调在做事时要谨慎，避免因疏忽大意而造成过失，即所谓要“临事而惧”。

《诗经》

思齐

思齐大任[①]，文王之母。思媚周姜[②]，京室之妇。大姒嗣徽音[③]，则百斯男。

惠于宗公，神罔时怨，神罔时恫。刑于寡妻[④]，至于兄弟，以御于家邦。

雍雍在宫，肃肃在庙。不显亦临，无射亦保[⑤]。

肆戎疾不殄[⑥]，烈假不瑕[⑦]。不闻亦式，不谏亦入[⑧]。

肆成人有德，小子有造。古之人无斁[⑨]，誉髦斯士[⑩]。

（《诗经·大雅》）

注释

① 思：发语词。大任：即太任，周文王之母。

② 周姜：即太姜，周文王的祖母。

③ 大姒：即太姒，周文王之妻。

④ 刑：通“型”，典范。寡妻：嫡妻。

⑤ 马瑞辰《毛诗传笺通释》认为，以上二句的“不”“亦”“无”均为语助词，无实义。临，临视之意。“射”字与“夜”“夕”叠韵，可通用，有晦暗之意。保，保守之意，是说文王无时不警惕也。

⑥ 肆：所以。戎疾：灾难。不：语助词。殄：断绝。

⑦ 烈假：恶疾。不：语助词。瑕：远去。

⑧ 以上二句，王引之《经传释词》说：“两‘不’字，两‘亦’字皆语词（即语助词）。式，用也。入，纳也。言闻言则用之，进谏则纳之。”

⑨ 斁（yì）：满足、厌倦。

⑩ 誉：有声誉。髦：出类拔萃。斯士：指“成人”与“小子”。王先谦《诗三家义集疏》：“言古之人教士无厌斁，故能使斯士皆成为誉髦也。”

大意

太任端庄又严谨，她是文王的母亲。周姜可亲又温顺，是王室的妃嫔。太姒继承好遗风，子孙繁盛周室兴。

文王为政顺祖宗，祖宗神灵无怨容，祖宗安心没伤痛。文王以礼待嫡妻，友爱各位好兄弟，以身作则家邦理。

宫中和睦又相亲，肃穆庄重敬祖宗。明处审察能自省，暗处谨慎能自重。

大灾大难已消除，恶疾害人也除尽。听到善言就采纳，有人劝谏悉心听。

成人都有好德行，青年也能立功勋。古人教导永继承，士子载誉皆俊秀。

点评

《诗经》是我国历史上最早的一部诗歌总集，共305篇。本称“诗”或“诗三百”，西汉时被尊为儒家经典，才有《诗经》之名。其所收诗歌的创作时间大约在西周初年到春秋中叶，反映了当时社会生活的各个方面。在内容上，《诗经》分为《风》《雅》《颂》三类：《风》又称《国风》，主要反映各地风俗民情；《雅》即周人所谓正盛雅乐，又分《小雅》《大雅》，主要是上层人士的创作；《颂》则是朝廷和贵族宗庙祭祀的乐歌，包括《周颂》、《鲁颂》和《商颂》。

《思齐》是一首歌颂周文王的诗，共五章。第一章很特别，它不是直接赞美周文王，而是先歌颂文王的母亲太任、祖母周姜以及妻子太姒。文王的优秀，正是因为他继承了母亲庄敬诚笃的品质、祖母和悦温婉的品德，还得到了妻子的照顾和帮助。朱熹称这一章是“歌文王之德，而推本言之”，意在为后面歌颂文王奠定基础。第二章歌颂文王能遵循祖宗的遗训，以礼待妻，友爱兄弟，而使“家齐”。第三章歌颂文王处世和睦庄敬，又能修身自省。第四章歌颂文王能排除重重困难、解除百姓的疾苦，同时善于听取和采纳不同的意见。最后一章称颂文王能够培养贤才，任用贤能，最终使周族不断强大，盛德不会败坏。不难看出，全诗虽没有叙述文王的具体功绩，但其修身、齐家、治国的人生主线则表露无遗。正如明代理学家薛瑄所说：“《思齐》一诗，修身、齐家、治国、平天下之道备焉。”文王身上，体现出了中华民族优秀的传统美德，后世提及圣主，言必称文、武、周公，原因正在于此。

小旻

旻天疾威[①]，敷于下土。谋犹回遹[②]，何日斯沮？谋臧不从[③]，不臧覆用。我视谋犹，亦孔之邛[④]。

潝潝訿訿[5]，亦孔之哀。谋之其臧，则具是违。谋之不臧，则具是依。我视谋犹，伊于胡底[6]。

我龟既厌[7]，不我告犹。谋夫孔多，是用不集。发言盈庭，谁敢执其咎？如匪行迈谋，是用不得于道。

哀哉为犹，匪先民是程[8]，匪大犹是经[9]。维迩言是听[10]，维迩言是争。如彼筑室于道谋[11]，是用不溃于成。

国虽靡止，或圣或否[12]。民虽靡膴[13]，或哲或谋，或肃或艾[14]。如彼泉流，无沦胥以败[15]。

不敢暴虎，不敢冯河[16]。人知其一，莫知其他。战战兢兢[17]，如临深渊，如履薄冰。（《诗经·小雅》）

注释

① 旻（mín）天：苍天，暗指周幽王。疾威：暴虐。

② 谋犹：谋略。犹，通“猷”，谋划。回遹（yù）：邪僻，乖谬。

③ 臧：善，好。

④ 孔：很。邛（qióng）：毛病、错误。

⑤ 潝（xì）潝：低声附和的样子。訿（zǐ）訿：诋毁，诽谤。

⑥ 底（dǐ）：至。

⑦ 龟：龟甲，古人用它占卜吉凶。

⑧ 先民：指古代贤者。程：效法。

⑨ 大犹：大道，常规。经：遵循。

⑩ 维：同“唯”，只有。迩言：肤浅无远见的话。

⑪ 成语“筑室道谋”即来源于此，意思是建造房屋却与过路的人商量，比喻做事没有主见、缺乏计划，最终一事无成。

⑫ 否（pǐ）：坏，愚蠢。

⑬ 靡膴（hū）：没有法则。

⑭ 肃：恭敬。艾（yì）：同“乂”，治理。

⑮ 无：语助词。沦胥：相率。

⑯ 暴虎：徒手打虎。冯（píng）河：徒步渡河。成语“暴虎冯河”即来源于此。

⑰ 战战：恐惧的样子。兢兢：小心谨慎的样子。

大意

上天肆虐逞威风，人间撒遍灾难种。歪门邪道坏政策，何日结束何时终？好的谋略你不听，坏的主意反采用。我看如今这政策，存在很大的弊病。

说好道坏论不休，让人悲哀让人愁。好的建议一提出，无人采纳反阻拦。坏的主张提出来，一一采纳不更改。我看如今这政策，国家要成什么样。

灵龟占卜已厌烦，是吉是凶不显现。谋臣策士实在多，就是没有好意见。议论纷纷声满堂，指出弊病有谁敢？如同询问行路人，他怎能把正道讲。

可怜出谋划策者，不学古代众圣贤，治国不从正道行。只听无识浅陋言，还要为此争长短。好比建房问路人，房子最终盖不成。

治国主张虽不同，也有圣明和错误。民众虽然没定则，哲人谋士在其中，还有才干和能人。弃才如同泉水流，国家衰败无止休。

不敢空手打老虎，不敢徒步把河渡。人们只知这道理，其他事情就糊涂。战战兢兢为国忧，如临深渊快回头，如踏薄冰把脚收。

点评

《毛诗序》说："《小旻》，大夫刺幽王也。"东汉郑玄作笺时又订正说："当为刺厉王。"不论是周幽王还是周厉王，历史上的这两位君主都是骄奢腐朽，善恶不辨，听信邪僻之言，重用奸佞之臣，不知祸之将至。这首诗的作者应是西周末期一位具有政治远见却无实权的官吏，他看到统治者昏庸无道，国家逐渐走向灭亡，乃作诗以示警。诗人心中既有对当时朝政黑暗的不满，又有忧国忧民的感情。从而唱出了"战战兢兢，如临深渊，如履薄冰”的千古名句，表现了他深厚的爱国情感。这也是全诗思想价值所在。此后，“临渊履冰”的人生哲学成为中华人文思想的核心理念之一。

《周礼》

大宰之职

大宰之职[①]，掌建邦之六典，以佐王治邦国[②]：一曰治典，以经邦国，以治官府，以纪万民；二曰教典，以安邦国，以教官府，以扰万民[③]；三曰礼典，以和邦国，以统百官，以谐万民；四曰政典，以平邦国，以正百官，以均万民；五曰刑典，以诘邦国，以刑百官，以纠万民；六曰事典，以富邦国，以任百官，以生万民。

以八法治官府：一曰官属[④]，以举邦治；二曰官职[⑤]，以辨邦治；三曰官联[⑥]，以会官治；四曰官常[⑦]，以听官治；五曰官成[⑧]，以经邦治；六曰官法[⑨]，以正邦治；七曰官刑，以纠邦治；八曰官计[⑩]，以弊邦治。

……

以八柄诏王驭群臣：一曰爵，以驭其贵；二曰禄，以驭其富；三曰予，以驭其幸；四曰置，以驭其行；五曰生，以驭其福；六曰夺，以驭其贫；七曰废，以驭其罪；八曰诛，以驭其过。

以八统诏王驭万民：一曰亲亲，二曰敬故，三曰进贤，四曰使能，五曰保庸，六曰尊贵，七曰达吏，八曰礼宾。（《周礼·天官冢宰》）

注释

① 大（tài）宰：即太宰，官名。天官（专掌天下治理之官）中的最高首长，其职位相当于后世的宰相。

② 邦国：诸侯国。

③ 扰：驯顺。

④ 官属：各个官府的部属。

⑤ 官职：各个官府的职责范围。

⑥ 官联：国有大事，单独一个官府不能胜任，需要几个官府协力合作才能完成。

⑦ 官常：各个官府的经常性职责，不需要其他官府合作自己就办得了的工作。

⑧ 官成：各个官府的成规，可依而行之。

⑨ 官法：各个官府履行自己的职责时所应遵循的法度。

⑩ 官计：定期考核官员政绩的制度。

大意

大宰的职责，掌管建立和颁行王国的六种法典，以辅助王统治天下各国：第一是治典，用来治理天下各国，治理官府，治理民众；第二是教典，用来安定天下各国，教育官府的官吏，使民众顺服；第三是礼典，用来谐调天下各国，统御百官，使民众和谐；第四是政典，用来使天下各国政治公平，百官政风端正，民众赋役平均；第五是刑典，用来禁止天下各国叛乱，惩罚违法官吏，纠察民众；第六是事典，用来使天下各国富强，百官胜任职事，民众得以生养。

依据八种法则来治理官府：第一是官属，用来开展国家的政事；第二是官职，用来区别国家官吏的职责；第三是官联，用来会合各个官府共同办事；第四是官常，用来考察官吏的工作；第五是官成，用来依成例处理国家的政事；第六是官法，用来端正国家的政风；第七是官刑，用来纠察国家的政事；第八是官计，用来评断国家的吏治。

……

用八种权柄辅助王统御群臣：第一是授予爵位的权柄，使臣下尊贵；第二是授予俸禄的权柄，使臣下富有；第三是赐予财物的权柄，使臣下得到宠幸；第四是安置官吏的权柄，以劝励臣下的贤行；第五是赦免的权柄，使臣下得免死之福；第六是剥夺的权柄，使臣下贫穷；第七是废黜的权柄，以惩罚罪臣；第八是诛杀的权柄，使罪臣遭祸。

用八项施政总则辅助王统御民众：第一是亲近亲族，第二是尊敬故旧，第三是荐举贤人，第四是任用能人，第五是抚慰有功的人，第六是尊重尊贵的人，第七是提拔勤劳的小吏，第八是礼敬宾客。

点评

本段文字节选自《周礼·天官冢宰》，是对“大宰”的主要职责的叙述，既条理清晰又详密严谨，既有施政纲领和法则，也有管理措施和技巧，其中像公平执政、端正政风、民众和谐、举荐贤能、赏罚分明等政治智慧，至今仍有生命力；而文中体现的儒法兼融、德主刑辅思想，更是中华优秀传统文化中的精华。《周礼》的体大思精，于此可见一斑。也正是这个原因，后世儒家学者慨叹此书“非圣贤不能作”，历代政治家、改革家则奉之为圭臬，常从中寻找变法或改革的支撑。特别是清朝末年，内忧外患，为挽救颓势，学者孙诒让作《周礼正义》，证明《周礼》所蕴含的治国之道不逊于西方。诚然，《周礼》作为一部治国纲领，确实展现了先秦时代较为完善的官制体系和丰富的治国思想，但它毕竟是上古之书，且书中提到的一些官职设置和治理手段过于理想化，如果不加批判地全盘继承，必定会走入“复古”的误区，而导致最终的失败。这是我们今天重读《周礼》应该注意的。

《周礼》作为儒家经典，原名《周官》，西汉末刘歆改称《周礼》，与《礼记》《仪礼》并称“三礼”。旧题周公旦作，也有人认为是刘歆伪造，均不确切。现多认为是战国时人归纳创作而成。此书按天官、地官、春官、夏官、秋官、冬官六官的体系，分述各种官职的官名、爵等、员数、职掌等情况，后因“冬官”篇亡佚，汉儒取性质与之相似的《考工记》补其缺。本书通过对设官分职的描述，反映了先秦时期社会政治、经济、文化、风俗、礼法诸多制度，涉及邦国建制、政法文教、礼乐兵刑、赋税度支、农商医卜、工艺制作等诸多方面，在上古文献中实属罕见，实为一部通过官制来表达治国方略的著作。

《左传》

宫之奇谏假道

晋侯复假道于虞以伐虢[①]。宫之奇谏曰[②]："虢，虞之表也。虢亡，虞必从之。晋不可启，寇不可翫[③]。一之谓甚，其可再乎？谚所谓'辅车相依，唇亡齿寒'者，其虞、虢之谓也。"

公曰："晋，吾宗也[④]，岂害我哉？"对曰："大伯、虞仲，大王之昭也[⑤]。大伯不从，是以不嗣。虢仲、虢叔，王季之穆也[⑥]，为文王卿士，勋在王室，藏于盟府[⑦]。将虢是灭，何爱于虞！且虞能亲于桓、庄乎[⑧]？其爱之也？桓、庄之族何罪？而以为戮，不唯偪乎[⑨]？亲以宠偪，犹尚害之，况以国乎？"

公曰："吾享祀丰絜[⑩]，神必据我。"对曰："臣闻之，鬼神非人实亲，惟德是依。故周书曰：'皇天无亲，惟德是辅。'又曰：'黍稷非馨，明德惟馨。'又曰：'民不易物，惟德繄物[11]。’如是，则非德，民不和，神不享矣。神所冯依[12]，将在德矣。若晋取虞，而明德以荐馨香，神其吐之乎？”

弗听，许晋使。宫之奇以其族行，曰：“虞不腊矣[13]。在此行也，晋不更举矣。”

……

冬，十二月丙子朔，晋灭虢，虢公丑奔京师。师还，馆于虞，遂袭虞，灭之。(《左传·僖公五年》)

注释

① 晋侯：指晋献公。复：再次。鲁僖公二年（公元前658年），晋国曾向虞国（在今山西平陆东北）借道进攻虢国（在今山西平陆）。

② 宫之奇：虞国的大夫。

③ 翫（wán）：同“玩”，疏忽，轻视。

④ 宗：同一宗族。晋国、虞国、虢国都是姬姓，属同一祖先。

⑤ 大伯：即太伯，周太王古公亶父的长子。虞仲：周太王的次子。大王：即周太王。昭：古代宗庙制度，始祖的神位居中，其子在左称为昭，子之子在右称为穆，如此交替，即三、五、七、九……奇数代为昭，二、四、六、八……偶数代为穆。太王是周朝始祖后稷的第十二代孙，为穆，其子当为昭。

⑥ 虢仲、虢叔是王季的次子和三子。王季为后稷的第十三代孙，为昭，

其子当为穆。

⑦ 盟府：主管盟誓典策的部门。

⑧ 桓、庄：桓叔和庄伯，分别是晋献公的曾祖父和祖父。

⑨ 偪：同“逼”，逼近，威胁。

⑩ 絜：同“洁”。

⑪ 繄（yī）物：这件物品。

⑫ 冯：同“凭”，凭借，依靠。

⑬ 腊：腊祭，年终举行的合祭诸神的一种祭祀。

大意

晋献公又向虞国借道去攻打虢国。宫之奇劝阻虞国国君说：“虢国，是虞国的屏障。虢国要是灭亡了，虞国一定会跟着灭亡。晋国的这种贪心，不能让它再增长了，这支侵犯他国的军队不可轻视。上一次借道已经过分了，怎么可以有第二次呢？俗话说‘面颊和牙床骨互相依存着，嘴唇没了，牙齿就会感到寒冷’，说的就是虞、虢两国互相依存的关系啊。”

虞国国君说：“晋国，与我国同宗，难道会加害我们吗？”宫之奇回答：“太伯、虞仲是周太王的长子和次子。太伯不听从父命，因此不让他继承王位。虢仲、虢叔都是王季的儿子，是周文王时执掌国政的大臣，在王室中有功劳，因功受封的典策还在盟府之中。现在晋国要灭掉虢国，又怎能爱惜虞国呢！再说晋献公爱虞国，还能胜过爱桓、庄之族吗？桓、庄这两个家族有什么罪过？晋献公把他们杀害了，还不是因为他们的势力对自己有威胁，才这样做的吗？近亲的势力威胁到自己，都要加害，更何况是一个国家呢？”

虞国国君说：“我的祭品丰盛清洁，上天一定会保佑我。”宫之奇回答：“我听说，鬼神不随便亲近某人，而是保佑有德行的人。所以《周书》里说：‘上天对人不分亲疏，只是保佑有德的人。’又说：‘黍稷不算芳香，只有美德才芳香。’还说：‘人们拿来祭祀的东西是相同的，但只有有德行的人的祭品，才会被神接受。’如此看来，国君没有德行，百姓就不会亲近他，神灵也不会保佑他。神灵所凭依的，在于德行。如果晋国消灭虞国，崇尚德行，以芳香的祭品奉献给神灵，神灵难道会吐出来吗？”

虞国国君不听从宫之奇的劝阻，答应了晋国借道的要求。宫之奇带着全族的人离开了虞国。他说：“虞国灭亡，等不到岁终祭祀的时候了。晋国只需这一次行动，就不必再出兵了。”

……

冬天，十二月初一，晋灭掉虢国，虢国国君丑逃到东周的都城。晋军回师途中，安营驻扎在虞国，乘机发动进攻，灭掉了虞国。

点评

选文论述了鲁僖公五年（公元前655年）宫之奇劝谏虞国国君之事。当时，晋国向虞国借道攻打虢国，为的是趁虞国不备而一举两得，即先吃掉虢国，再消灭虞国。具有远见的虞国大夫宫之奇，早就看清了晋国的野心。他力谏虞国国君不能同意借道之事，并有力地驳斥了国君对宗族关系和神权的迷信，指出国家的存亡在人不在神，应该实行德政，确保民和。然而虞国国君不听劝告，最终落得亡国的下场。古语云“兼听则明”，整个事件虞国国君犯下的最大错误就是刚愎自用、一意孤行，他坚持自己所谓的“正确理论”，即使贤臣苦口婆心地开导，仍然执迷不悟，落得这个下场真可以说是咎由自取。

《左传》，原名《左氏春秋》，汉代改称《春秋左氏传》，是我国现存第一部叙事详细的编年体史书。一般认为是鲁国史官左丘明根据鲁国国史《春秋》编成的。全书记事起于鲁隐公元年（公元前722年），止于鲁哀公二十七年（公元前468年），比较详细地记述了春秋时代各国的政治、军事、外交、文化等方面的情况，汇集和保存了大量春秋时代各国的史料，既具有重要的历史文献价值，也具有很高的文学价值。

叔孙豹论不朽

二十四年春，穆叔如晋①，范宣子逆之②，问焉，曰："古人有言曰：'死而不朽。'何谓也？"穆叔未对。宣子曰："昔匄之祖，自虞以上为陶唐氏，在夏为御龙氏③，在商为豕韦氏④，在周为唐、杜氏⑤，晋主夏盟为范氏⑥，其是之谓乎！"穆叔曰："以豹所闻，此之谓世禄，非不朽也。鲁有先大夫曰臧文仲，既没，其言立，其是之谓乎！豹闻之：'大上有立德，其次有立功，其次有立言。'虽久不废，此之谓不朽。若夫保姓受氏，以守宗祊，世不绝祀，无国无之。禄之大者，不可谓不朽。"（《左传·襄公二十四年》）

注释

① 穆叔：鲁国大夫叔孙豹，叔孙为氏，名豹。死后谥号为"穆"，因此

也被称为“叔孙穆子”或“叔孙穆叔”。

② 范宣子：春秋时期晋国名臣，名匄（gài）。

③ 御龙氏：陶唐氏的后代有刘累学会驯龙，侍奉孔甲，赐氏为御龙。

④ 豕韦氏：本为祝融氏的后代，被商所灭后，改封为刘累的后代。

⑤ 唐、杜氏：商朝末年豕韦氏改称唐氏，后周成王将唐氏封于杜，称杜伯。

⑥ 范氏：周宣王时，杜伯无辜被杀，其子隰叔逃往晋国，传到第四代士会，为晋国大臣，食邑于范，其子孙以范为姓。

大意

鲁襄公二十四年春，叔孙豹到晋国，范宣子迎接他。范宣子问他：“古人说：‘死而不朽。’指的什么？”叔孙豹没有回答。范宣子接着说：“从前我的祖先，从虞舜之前是陶唐氏，在夏朝是御龙氏，在商朝是豕韦氏，在周朝是唐氏、杜氏，为晋国主持中原的盟会也是我们范氏，所说的不朽大概就是这个吧！”叔孙豹说：“据我所听到的，这叫作世禄，不是不朽。鲁国有一位先大夫叫臧文仲，死了以后，他的言论世代不废，所谓不朽说的应该是这个吧！我听说：‘最高是树立德行，其次是树立功业，再其次是树立言论。’即使人死了很久也不会被废弃，这才叫作不朽。至于像这样保持家世、守住宗庙、世代不断绝祭祀的人，无论哪个国家都有这种情况。这只是高官厚禄而已，不能说是不朽。”

点评

什么是“不朽”？叔孙豹的答案是：“大上有立德，其次有立功，其次有立言。”西汉著名史学家司马迁也说：“古者富贵而名磨灭，不可胜记，唯倜傥非常之人称焉。”看来，只有被后人称颂而念念不忘的言论和人物才算不朽。

然而，在现在某些人眼中，“不朽”似乎有些过时了。他们追求的是立竿见影的利益，追求得过且过的悠闲，倡导“不求天长地久，但求一时拥有”。快节奏的社会生活、现代化的发展速度，让人们来不及讨论什么是不朽。其实，我们应该看到，当今社会中追求“不朽”者还是存在的，它包括了为正义牺牲的战士、为理想献身的勇士、为真理奋斗的壮士，还有很多为社会进步兢兢业业工作的人们。

和与同异

齐侯至自田，晏子侍于遄台[①]，子犹驰而造焉[②]。公曰："唯据与我和夫！"晏子对曰："据亦同也，焉得为和？"公曰："和与同异乎？"对曰："异。和如羹焉，水火醯醢盐梅[③]，以烹鱼肉，燀之以薪[④]，宰夫和之，齐之以味[⑤]，济其不及[⑥]，以泄其过[⑦]。君子食之，以平其心。君臣亦然。君所谓可而有否焉，臣献其否以成其可。君所谓否而有可焉，臣献其可以去其否。是以政平而不干[⑧]，民无争心。……今据不然。君所谓可，据亦曰可；君所谓否，据亦曰否。若以水济水，谁能食之？若琴瑟之专一，谁能听之？同之不可也如是。"（《左传·昭公二十年》）

注释

① 遄（chuán）台：齐国地名，在今山东临淄附近。

② 子犹：齐国大夫梁丘据的字。造：到，往。

③ 醯（xī）：醋。醢（hǎi）：用肉、鱼等做成的酱。

④ 燀（chǎn）：炊。

⑤ 齐（jì）：使味道适中。

⑥ 济：增加。

⑦ 泄：减少。

⑧ 干：违背。

大意

齐景公从打猎的地方回来，晏子在遄台随侍，梁丘据驾着车赶来了。齐景公说："只有梁丘据与我和谐啊！"晏子回答说："梁丘据只是相同而已，哪里能说是和谐呢？"景公说："和谐与相同有差别吗？"晏子回答说："有差别。和谐就像是做汤，用水、火、醋、酱、盐、梅来烹调鱼和肉，用柴火烧煮，厨工调配味道，使它恰到好处，味道不够就增加调料，味道太重就减少调料。君子喝了这种汤，用来平和心性。国君和臣下的关系也是这样。国君认为可行的，其中也包含了不妥之处，臣下进言指出不妥之处，使国君的决定更加完备。国君认为不可行而其中也包含了可行之处的，臣下进言陈述可行的理由，以排除国君的不妥之处。如此，政事平和而不违背礼，百姓没有争斗之心。……现在梁丘据不是这样。国君认为可以的，他也说可以；国君认为不可以的，他也说不可以。如同用水来调和水，谁能吃下去？犹如琴瑟总发出一个音调，谁听得下去？不应当处处完全相同的道理，就像这样。"

《国语》

赵衰举贤

文公问元帅于赵衰[①]，对曰："郤縠可[②]，行年五十矣，守学弥惇。夫先王之法志，德义之府也。夫德义，生民之本也。能惇笃者，不忘百姓也。请使郤縠。"公从之。公使赵衰为卿，辞曰："栾枝贞慎，先轸有谋，胥臣多闻[③]，皆可以为辅佐，臣弗若也。"乃使栾枝将下军，先轸佐之。取五鹿[④]，先轸之谋也。郤縠卒，使先轸代之。胥臣佐下军。公使原季为卿[⑤]，辞曰："夫三德者，偃之出也[⑥]。以德纪民，其章大矣，不可废也。"使狐偃为卿，辞曰："毛之智[⑦]贤于臣，其齿又长，毛也不在位，不敢闻命。"乃使狐毛将上军，狐偃佐之。狐毛卒，使赵衰代之，辞曰："城濮之役[⑧]，先且居之佐军也善[⑨]，军伐有赏，善君有赏，能其官有赏。且居有三赏，不可废也。且臣之伦，箕郑、胥婴、先都在[⑩]。"

乃使先且居将上军。公曰："赵衰三让，其所让，皆社稷之卫也。废让，是废德也。"以赵衰之故，搜于清原，作五军。使赵衰将新上军，箕郑佐之；胥婴将新下军，先都佐之。子犯卒，蒲城伯请佐，公曰："夫赵衰三让不失义。让，推贤也。义，广德也。德广贤至，又何患矣。请令衰也从子。"乃使赵衰佐新上军。(《国语·晋语》)

注释

① 文公：晋文公。元帅：晋国以中军为最高，中军主帅统率全军，故称元帅，为上卿。赵衰（cuī）：赵成子，晋国大夫，是辅佐晋文公称霸的五贤士之一。

② 郤縠（xìhú）：晋国大夫。

③ 栾枝：栾贞子，晋国大夫。先轸：晋国名将、军事家。胥臣：即司空季子，晋国大夫。

④ 五鹿：地名，在今河南濮阳县南。原本卫国之地。

⑤ 原季：即赵衰。赵衰死后谥号"成季"，因他做过晋国原县第一任县大夫，故又称原季。

⑥ 偃：即狐偃，字子犯，晋文公的舅舅，又称舅犯、咎犯，官至晋国大夫、上军佐。

⑦ 毛：即狐毛，狐偃之兄，晋国大夫。

⑧ 城濮之役：周襄王二十年（公元前 632 年），晋、楚两国在城濮（今山东鄄城西南）地区进行的争夺中原霸权的战争，最终以晋国大胜而告终。

⑨ 先且居：晋国卿大夫。封于蒲城，故称蒲城伯；后封于霍，又称霍伯。

⑩ 箕郑、胥婴、先都：均为晋国大夫。

大意

晋文公问赵衰谁可担任中军主帅，赵衰回答说："郤縠可以，他已经五十岁了，还坚持学习，而且道德修养更加敦厚。先王制定的法规典籍，是道德信义的宝库。道德和信义，是教养百姓的根本。能够重视的人，是不会忘记百姓的。请让郤縠担任中军主帅。"文公采纳了赵衰的建议。文公又任命赵衰为卿，赵衰推辞说："栾枝这个人忠贞谨慎，先轸足智多谋，胥臣见闻很广，都可以作为辅佐，我不如他们。"于是文公任命栾枝统率下军，由先轸为副将辅助他。后来攻取五鹿，便是先轸的计谋。郤縠死后，又派先轸接替他任中军主帅。胥臣担任下军副将。文公又让赵衰任下卿，赵衰推辞说："那三桩有功德的事情，都是狐偃出的计谋。用德行来治理人民，成效显著，不可不任用他。"文公便任命狐偃为下卿，狐偃推辞说："狐毛的智慧超过我，他的年龄又比我大，狐毛如果不在其位，我不敢接受您的任命。”文公于是让狐毛统率上军，狐偃为副将。狐毛死后，文公派赵衰代替他任上军统帅，赵衰又推辞说：“城濮之战中，先且居辅佐治军很好，有军功的应当得到奖赏，以道义辅佐君王的应当得到奖赏，能胜任自己职位的应当得到奖赏。先且居有这样三种应当得到的奖赏，不可不加重用。而且和我一样的人，箕郑、胥婴、先都等都还在。”文公于是命先且居统率上军。文公说：“赵衰三次辞让，他所推让的，都是些国家得力的保卫者。废除谦让，便是废除德行。”因为赵衰的缘故，文公在清原举行阅兵，建立五军。任命赵衰担任新上军的统帅，由箕郑为副将；胥婴担任新下军的统帅，由先都为副将。狐偃死后，先且居请求委派副将，文公说：“赵衰三次推让，都不失礼义。谦让，是为了推荐贤人。礼义，是为了推广道德。推广道德，贤才就来了，那还有什么可忧虑的呢。请让赵衰随从你作副将吧。”于是，晋文公便让赵衰担任上军的副将。

点评

《老子》第三十三章说：“知人者智，自知者明。”

赵衰举贤的行为正是对这句话的生动诠释。中军主帅、卿、上军统帅在晋国都是位高权重的职位，但当晋文公将这些职位授予赵衰的时候，赵衰不是如获至宝般的欣然接受，而是推荐了更合适的人选。作为晋国的官员，赵衰想的不是让自己尽快爬到高位，而是从国家的前途和命运出发，在了解自身能力的同时，更关注他人的德行及特长，并将贤才举荐给国君，助贤才为国效力。这正是从政者应有的素质和应该履行的职责。从后来的事实看，赵衰所荐之人都有真才实干，他们为晋国的发展乃至晋文公称霸做出了巨大的贡献，而赵衰作为幕后的举荐者更是功不可没。

《国语》相传为春秋末期左丘明所作，是我国最早的一部国别体史书，分周、鲁、齐、晋、郑、楚、吴、越八国记事，记载了上起西周中期、下迄春秋战国之交五百多年各国内政外交等事件以及一些历史传说。

季文子论俭

季文子相宣、成[①]，无衣帛之妾，无食粟之马。仲孙它谏曰[②]："子为鲁上卿[③]，相二君矣，妾不衣帛，马不食粟，人其以子为爱[④]，且不华国乎？"文子曰："吾亦愿之。然吾观国人，其父兄之食粗而衣恶者犹多矣，吾是以不敢。人之父兄食粗衣恶，而我美妾与马，无乃非相人者乎？且吾闻以德荣为国华，不闻以妾与马。”文子以告孟献子⑤，献子囚之七日。自是，子服之妾衣不过七升之布⑥，马饩不过稂莠⑦。文子闻之曰：“过而能改者，民之上也。”使为上大夫。(《国语·鲁语》)

注释

① 季文子：季孙行父，春秋时期鲁国的执政大臣，谥号文，史称“季文子”。宣、成：鲁国的两代国君鲁宣公和鲁成公。

② 仲孙它：鲁国大夫，即下文的“子服”。

③ 上卿：官名。春秋时期，各诸侯国都有卿，是高级长官，分为上、中、下三级。季文子在鲁国的地位实际比上卿要高。

④ 爱：吝啬。

⑤ 孟献子：仲孙它之父，春秋中期鲁国政治家、外交家，鲁国孟氏家族振兴的重要贡献者。

⑥ 七升之布：古时的布以八十缕为一升。《礼记·杂记》载：“朝服十五升。”七升之布，尚不足朝服用布的一半，是很粗的布。

⑦ 饩（xì）：饲料。稂（láng）莠：两种杂草，可用来喂牲畜。

大意

季文子担任鲁宣公、鲁成公两代国君的相，但生活节俭，他的妾不穿丝绸，他的马不喂精料。仲孙它劝他说："你是鲁国的上卿，辅佐两代国君，而你的妾不穿丝绸衣服，马不用精料喂养，人们会认为你吝啬，况且这样不会有损国家的光彩吗？"季文子说："我也愿意富贵奢华。但我看到我国的百姓，他们的父兄吃粗食、穿破衣的还很多，因此我不敢追求奢华。人家的父兄吃粗食、穿破衣，而我却把妾与马养得那样美，这岂是一国之相的作为？况且我听说，只有德行高尚才能为国家增添光彩，没听说把妾与马养得美就能为国家增添光彩的！"季文子把这件事告诉了孟献子，孟献子把仲孙它禁闭了七天。从此以后，仲孙它的妾也只穿粗布衣服，他的马也只用杂草喂养。季文子得知这种情形后说："有过失而能够改正，是可以成为人上人的。"于是升仲孙它为上大夫。

点评

子曰："富与贵，是人之所欲也。"但富贵不应与奢侈浮靡相伴。季文子出身于三世为相的家族，一生执政长达三十余年，辅佐了鲁国三代君主，可谓富贵至极；但他居家节俭、体恤民艰，并以亲身言行感召着年轻官员，使他们知道，奢侈挥霍并不光彩，只有胸怀高尚、心系百姓，才会得到真正的尊敬与推崇。季文子去世前曾留下遗命，要求薄葬，将俭省节用贯彻了一生。清代名臣董邦达说："贵而过奢，其势必至于贪婪，权力重，则取求易也。"诚如斯言，奢侈滋生贪婪，贪婪导致腐败。清廉为官，应从节俭开始。

魏献子辞贿

梗阳人有狱①，将不胜，请纳赂于魏献子②，献子将许之。阎没谓叔宽曰③："与子谏乎！吾主以不贿闻于诸侯，今以梗阳之贿殃之，不可。"二人朝而不退。献子将食，问谁在庭，曰："阎明、叔褒在④。"召之，使佐食。比已食，三叹。既饱，献子问焉，曰："人有言曰：'唯食可以忘忧。'吾子一食之间而三叹，何也？"同辞对曰："吾小人也，贪。馈之始至，惧其不足，故叹。中食而自咎也，曰：'岂主之食而有不足？'是以再叹。主之既食，愿以小人之腹，为君子之心，属餍而已⑤，是

以三叹。”献子曰：“善。”乃辞梗阳人。(《国语·晋语》)

注释

① 梗阳：古地名，魏氏封邑，位于今山西清徐县南。

② 魏献子：春秋时期晋国执政上卿，六卿之一，著名政治家、军事改革家。

③ 阎没、叔宽：二人都是晋国大夫，魏献子的下臣。

④ 阎明：阎没，字明。叔褒：叔宽，字褒。

⑤ 属餍（yàn）：恰好吃饱，不撑肚子。

大意

有个梗阳人与别人打官司，眼看要败诉，就向魏献子纳贿托情，魏献子打算答应下来。魏献子的下属阎没对叔宽说：“我与你一同去劝谏吧！我们的主人一向以不受贿赂闻名于诸侯，现在因为梗阳人行贿而损害了名声，那是万万不可以的。”两人朝见魏献子之后，留在那里不走。魏献子要吃饭了，问谁还待在庭院里，侍从回答说：“阎明、叔褒在。”魏献子叫他俩进来，让他们陪自己一起吃饭。两人一顿饭的工夫，叹息了三次。吃完饭后，魏献子问他们：“人们常说：‘只有吃东西可以忘记忧愁。’你们吃这顿饭，共叹息了三次，为什么？”两人异口同声地答道：“我们都是目光短浅的人，贪心不足。食物刚送上来的时候，担心不够吃，因此叹息。吃到一半，不禁私下责备自己：主人赐给我们食物，哪有不够吃的道理呢？因此再次叹息。等到您吃完了，我们想，但愿我们小人的胃口，也像君子的心思一样，只要吃饱也就知足了，因此第三次叹息。”魏献子听了，顿时明白过来，说：“你们讲得不错。”于是拒绝了梗阳人的贿赂。

点评

白纸沾上污点，再也难以擦掉；素有美誉的人，一旦跨出危险的“第一步”，若不及时警觉改正，就极可能难以控制，渐渐堕落，最终声望尽失，乃至陷于罪恶的泥淖。阎没和叔宽及时劝阻魏献子，没有让他收受贿赂，挽救了这位以“不贿”闻名的重臣。的确，纵有良田百顷，日食不过三餐；坐拥豪宅万间，夜眠七尺足矣。人之所以为人，就因为人能够正视自己的欲望，控制不必要的贪念，预见放纵带来的恶果，做出趋利避害的决策。

与民争利，不得长久

厉王说荣夷公[①]，芮良夫曰[②]："王室其将卑乎！夫荣公好专利而不知大难[③]。夫利，百物之所生也，天地之所载也，而或专之，其害多矣。天地百物，皆将取焉，胡可专也？所怒甚多，而不备大难，以是教王，王能久乎？夫王人者[④]，将导利而布之上下者也，使神人百物无不得其极，犹日怵惕[⑤]，惧怨之来也。故颂曰：'思文后稷，克配彼天，立我蒸民，莫匪尔极[⑥]。'大雅曰：'陈锡载周[⑦]。'是不布利而惧难乎？故能载周，以至于今。今王学专利，其可乎？匹夫专利，犹谓之盗；王而行之，其归鲜矣。荣公若用，周必败。"既，荣公为卿士，诸侯不享[⑧]，王流于彘。(《国语·周语上》)

注释

① 说（yuè）：宠爱，亲近。荣夷公：荣国国君，谥夷。

② 芮（ruì）良夫：周朝大臣芮伯。

③ 专利：专擅、垄断利益。

④ 王人者：作为统治百姓的王。

⑤ 怵惕：恐惧。

⑥ 匪：通"非"。

⑦ 陈锡载周：文王布施恩赐，创造了周朝。陈，颁布。锡，赐。载，成就。
⑧ 享：诸侯向天子进贡以助祭祀。

大意

周厉王亲近荣夷公。大臣芮良夫说："王室大概要衰微了吧！荣夷公喜欢独占财利，却不知大祸临头。财利，是从百物中产生的，是天地自然拥有的，有人却想独占它，那么怨恨他的人就多了。天地间生成的事物，人人都可以取用，怎么能一人独占呢？一人独占，必然招致天怒人怨，却不知防备大祸患，荣夷公竟还用这种做法来教诲王，王业难道还能长治久安吗？作为统治百姓的王者，应该把利益分发给群臣、百姓，使神、人、万事万物都能得到最大的恩惠，即使这样，还整日畏惧警惕，恐怕怨恨到来。所以《诗经·周颂·思文》说：'后稷文德广大，功高可配上天，万民得以生存，仰赖你的恩惠。'《诗经·大雅·文王》也说：'遍施恩惠于民众，成就周朝的天下。'这不正是说不仅要普遍地分配财物，而且要警惕祸患的来临吗？正是因为这样，先王才建立起周朝，直到现在。而如今，君王却学习独占财利这种事，这怎么可以呢？普通人独占财利，尚且被称为盗贼；如果君王这样做，那么归附他的人就很少了。荣夷公如若受到重用，周朝肯定要衰败。”最终，周厉王还是任用荣夷公为卿士，诸侯于是都不来纳贡助祭，周厉王被流放到彘地。

点评

《国语·周语》还有一篇关于周厉王的文字，大家都很熟悉，那就是《召公谏厉王弭谤》，文末是意味深长的“王不听。于是国莫敢出言，三年乃流王于彘”。本文记载的是另一件导致“王流于彘”的事：周厉王重用与民争利的荣夷公，大臣芮良夫看到了这件事透露出的危险信号，忧心忡忡地发表了一段议论，结论是“荣公若用，周必败”。结果，荣夷公还是受到重用，而周果然“必败”。重用贪利者，其实未必是“王流于彘”的直接原因。结合前一桩“止谤”的记载来看，周厉王被流放，是多种因素综合作用的结果。弭谤打压令人不敢开口，专擅财利令人没有出路，这样的王朝没有道理不衰亡。

王孙圉论楚宝

王孙圉聘于晋[①]，定公飨之[②]。赵简子鸣玉以相[③]，问于王孙圉曰："楚之白珩犹在乎[④]？"

对曰："然。"

简子曰："其为宝也几何矣？"

曰："未尝为宝。楚之所宝者曰观射父[⑤]，能作训辞，以行事于诸侯，使无以寡君为口实。又有左史倚相[⑥]，能道训典，以叙百物，以朝夕献善败于寡君，使寡君无忘先王之业，又能上下说于鬼神，顺道其欲恶，使神无有怨痛于楚国。又有薮曰云连徒洲[⑦]，金木竹箭之所生也[⑧]，龟珠角齿，皮革羽毛，所以备赋用，以戒不虞者也，所以供币帛，以宾享于诸侯者也。若诸侯之好币具，而导之以训辞，有不虞之备[⑨]，而皇神相之，寡君其可以免罪于诸侯，而国民保焉。此楚国之宝也。若夫白珩，先王之玩也，何宝焉？圉闻国之宝六而已：圣能制议百物，以辅相国家，则宝之；玉足以庇荫嘉谷，使无水旱之灾，则宝之；龟足以宪臧否[⑩]，则宝之；珠足以御火灾，则宝之；金足以御兵乱，则宝之；山林薮泽，足以备财用，则宝之。若夫哗嚣之美，楚虽蛮夷，不能宝也。"（《国语·楚语下》）

注释

① 王孙圉（yǔ）：春秋时期楚国大夫。

② 定公：晋定公，姬姓，名午，晋顷公之子，公元前 511 年—公元前 475 年在位。飨（xiǎng）：用酒食招待

③ 赵简子：名鞅，晋国大夫。鸣玉：古代贵族都会佩戴玉，行走时玉会因碰击而发出鸣响。相：相礼，赞礼。

④ 白珩（héng）：美玉名。

⑤ 观射父（guàn yì fǔ）：楚国大夫。

⑥ 左史：史官名。倚相：人名。

⑦ 薮（sǒu）：湖泊。云连徒洲：云土，又作云社。“又有薮曰云连徒洲”一句，或断为“又有薮曰云，连徒洲”，认为云为云梦泽，徒洲为另一地名。

⑧ 箭：一种小竹，又名箭竹，高不过一丈，因其坚韧而可做箭。

⑨ 不虞（yú）：没有料到的祸难。

⑩ 臧否（pǐ）：吉凶、善恶。

大意

楚国大夫王孙圉去晋国行聘问之礼，晋定公设宴款待他。赵简子主持礼仪，他的佩玉叮当作响。赵简子问王孙圉说：“楚国的白珩还在吗？”

王孙圉回答道："还在。"

赵简子说："它作为楚国的宝物价值几何？"

（王孙圉）说："楚国从没有把它当作宝物。楚国视为宝物的，名叫观射父，他擅长辞令，出使诸侯国，不会让我国国君成为话柄。还有一位左史，名叫倚相，他能够引经据典说明各种事物，每天向我国国君讲述历史上的成败得失，让我国国君不忘记先王的功业，他还善于取悦天地鬼神，顺着他们的好恶，让神灵们对楚国没有怨气。还有叫作云连徒洲的多草之湖，这里盛产金木竹箭，宝龟、珍珠、犀角、象牙、皮革、羽毛，这些是用来供给军队以防备不测的，也是作为礼物，在接待宾客时赠给诸侯王的。如果诸侯喜欢这些礼物，再辅之以优美的辞令，还有对不可预料事件的防备，加上神明的保佑，我国国君大概可以不得罪于其他诸侯国，而国家和百姓也能够平安了。这些才是楚国的宝物。至于那个白珩，不过是先王的玩物罢了，算得上什么宝物呢？我听说国宝有六种：圣贤能够掌握和评判万事万物，以辅佐国家，就将他当作宝；宝玉足以庇护赐福，使五谷丰登，使（国家）没有水旱之灾，就将它当作宝；灵龟足以准确预示福祸好坏，就将它当作宝；珍珠足以用来抵御火灾，就将它当作宝；金属足以防御兵乱，就将它当作宝；山林湖泽足以供给财政用度，就将它当作宝。喧哗吵闹的美玉，楚国虽然是地处偏远的国家，也不可能将它当作宝的。”

点评

本篇记述了春秋时期晋国大夫赵简子和楚国使臣王孙圉在一次外交宴会上论辩宝物的谈话。

说到“论宝”，我们很容易想到“子罕辞玉”的故事。同样在春秋时期，有一宋人得到一块玉，献给宋国国相子罕。子罕不接受，并说：“我以不贪为宝，尔以玉为宝。若以与我，皆丧宝也，不若人有其宝。”体现了子罕为官清正廉洁的品质。

本篇故事恰巧也是由玉引发的。赵简子身配美玉，问王孙圉楚国的白珩作为宝物价值几何。其言谈意在显示自己所配之玉足以压倒楚国的美玉，言外之意则是晋国要比楚国强大。赵简子的炫耀和傲慢，以及对楚国使者的轻视，跃然纸上。没有想到，王孙圉回答“楚国从没有将白珩作为宝物”。只此一句就驳倒了对方的发难。接着，他正面回答了楚国所宝者有三：一是大夫观射父，善于外交辞令以结交诸侯，使邻国不会拿楚王当话柄；二是左史倚相，善于向君王讲述成败得失；三是云连徒洲，此处物产丰富，可以供应军事所需，以防不测。这三个“宝”，前两个是人物，分别代表了外交和内政人才，说明要以贤为宝；后一个说的是物产，是国家经济、军事的保障，说明要以物为宝。有了“人才”和“物产”，楚国就可以不断发展了。这体现了王孙圉重视内政外交、国计民生的思想，而这才是真正的“宝”。最后，王孙圉再次论述国家的六种宝，与楚国“三宝”相照应，不外乎人和物两类，其前提必是要对国家和人民有价值。

文章至此戛然而止，赵简子听后的尴尬和窘态，全留给读者去想象；而王孙圉话语中的启发意义，也交由读者去体会和寻味。

《管子》

依法选人得真才

明主之择贤人也，言勇者试之以军，言智者试之以官。试于军而有功者则举之，试于官而事治者则用之。故以战功之事定勇怯，以官职之治定愚智。故勇怯愚智之见也，如白黑之分。乱主则不然，听言而不试，故妄言者得用；任人而不官，故不肖者不困。故明主以法案其言而求其实，以官任其身而课其功，专任法，不自举焉。故明法曰："先王之治国也，使法择人，不自举也。"（《管子·明法解》）

大意

贤明的君主选拔贤才，对于号称有勇的人，就将他放到军队中去考察；对于号称有智的人，就将他安排到一个职位上去考察。在军队里有了战功就提拔他，在官府里干得好就任用他。这是用战功的事实来判定勇怯，用任官的治绩来鉴定愚智，如此，勇敢还是怯懦，愚笨还是贤智，就像黑白一样分明了。昏君则不然，他们一味听信别人所言而不加考察，所以那些吹牛、说假话的人也得到举用；他们任命官职前不加试用，所以无才无德的人也轻而易举地当上了官。因此，英明的君主依法验证人们的言论以求其实际，让其担任官职以考察其业绩，专靠法度取人，而不搞个人举荐。所以，《明法解》说：先王治国，用法度录取人才，不搞个人举荐。

点评

欲成大业，必选贤才辅佐，这已成为历代有远见、成大事者的共识。然而，如何选才招贤，不同的人有着不同的看法和标准。管子看来，选人不应仅凭他人的举荐而定，而是要在实践中进行考察，以此判定此人的“勇怯愚智”。无独有偶，有“亚圣”之称的孟子也提出了类似的观点。孟子说：“左右皆曰贤，未可也；诸大夫皆曰贤，未可也；国人皆曰贤，然后察之；见贤焉，然后用之。”由此可见，在先秦时期，“广泛听取意见，然后再加以考察”已成为发现、选拔贤才的重要方法。时至今日，这种选才之“法”仍有着借鉴意义。

君子的品德

桓公放春①，三月观于野。桓公曰：“何物可比于君子之德乎？”隰朋对曰②：“夫粟③，内甲以处，中有卷城④，外有兵刃，未敢自恃，自命曰粟，此其可比于君子之德乎？”管仲曰：“苗，始其少也，眴眴乎何其孺子也⑤！至其壮也，庄庄乎何其士也！至其成也，由由乎兹免，何其君子也⑥！天下得之则安，不得则危，故命之曰禾⑦。此其可比于君子之德矣。”桓公曰：“善。”（《管子·小问》）

注释

① 桓公：指春秋时期的齐桓公。放春 ：春游。

② 隰（xí）朋：齐国大夫。与管仲、鲍叔牙等人共同辅佐齐桓公，使齐国大治。

③ 粟：小米。后面“自命为粟”的“粟”，取其谐音“肃”，谨慎的意思。

④ 卷（juàn）城：用围墙围起来的城。

⑤ 眴（shùn）眴：柔顺的样子。

⑥ 由由：油油的样子。兹俛（fǔ）：指禾苗的穗成熟后更加俯首向根，比喻君子不忘根本。兹，更。俛，同“俯”。

⑦ 禾：谐“和”的音。

大意

桓公春游，三月在野外观赏。桓公问：“什么东西可以与君子的品德相比呢？”隰朋回答说：“粟粒，它身在甲胄（谷皮）之内，中间有卷城（外壳）维护，外面有尖锐的兵刃（谷芒），但仍不敢自恃强大，谦虚地自称为粟（肃）。这大概可以与君子的品德相比吧？”管仲说：“禾苗，开始生长时，柔嫩和顺多么像孺子！到它壮大时，庄重的样子多么像武士！等到成熟时，油油然谦和地俯首向根，多么像君子！天下有了它就安定，没有它就危险，所以称它为禾（和）。这可以同君子的品德相比了吧。”桓公说：“好！”

点评

这段对话是齐桓公和隰朋、管仲讨论君子的品德。隰朋将君子品德比喻成粟，在他眼里粟有着谦虚、谨慎的品格；而管仲将君子的品德比喻成禾苗，在他看来禾苗生长的不同阶段凸显着不同的品质，从柔顺到庄重再到谦逊俯首，而君子正是集这些品质于一身的人。在中国传统文化中，道德修养占有极其重要的地位。古人讲“修身、齐家、治国、平天下”，“修身”的第一步就是要“修德”。如果将一个人的事业比喻成一座高楼大厦，那么他的道德修养就是大厦的根基；若根基不牢固，大厦终将倾覆。“做事先做人”，讲的就是这个道理。

《老子》

论自知自省

知人者智，自知者明。胜人者有力，自胜者强。(《老子》第三十三章)

大意

认识别人是“智”，了解自己才算“明”。战胜别人是有力，战胜自己才算坚强。

点评

在老子看来，知人、胜人固然重要，但自知、自胜更为重要。能认识别人，又能认识自己的人，才能称得上是明智之人。老子在这里强调人贵在有自知之明，要善于取人之长、补己之短。

论兵

善为士者①，不武；善战者，不怒；善胜敌者，不与②；善用人者，为之下。是谓不争之德，是谓用人，是谓配天，古之极也。(《老子》第六十八章)

用兵有言：吾不敢为主③，而为客④；不敢进寸，而退尺。是谓行无行⑤，攘无臂，扔无敌⑥，执无兵。祸莫大于轻敌，轻敌几丧吾宝⑦。故抗兵相若，哀者胜矣⑧。(《老子》第六十九章)

注释

① 为：治理，管理，此处意为统率。

② 不与：不争。

③ 为主：采取攻势。

④ 为客：采取守势。

⑤ 行：行列，阵势。

⑥ 扔：因，就。

⑦ 宝：此处指“三宝”，《老子》第六十七章：“我有三宝，持而保之：一曰慈，二曰俭，三曰不敢为天下先。”大意是：我有三种宝贝，持守并保

全它们：第一种叫慈爱，第二种叫俭朴，第三种叫不敢居于天下人之前。

⑧ 哀：悯，慈。

大意

善于带兵打仗的人，不逞勇武；善于打仗的人，不易被激怒；善于胜敌的人，不与敌人对斗；善于用人的人，对人谦下。这叫作不与人争的品德，这叫作善于用人，这叫作合于天道，这是自古以来的最高准则。

用兵的人曾说：我不敢主动进攻，而采取守势；不敢前进一步，而宁可后退一尺。这就叫作虽然有阵势，却像没有阵势可摆；虽然要奋臂，却像没有臂膀可举；虽然面临敌人，却像没有敌人可打；虽然有兵器，却像没有兵器可持。祸患再没有比轻敌更大的了，轻敌使我几乎丧失了“三宝”。所以，两军实力相当的时候，慈悲的一方可以获得胜利。

点评

力主“无为”“无争”的老子，是非常反对以战争手段称雄天下的：“以道佐人主者，不以兵强天下。”（《老子》第三十章）“兵者不祥之器，非君子之器，不得已而用之。”(《老子》第三十一章）但是，在老子所处的时代，战争无可避免，国与国之间相互攻伐无休，百姓无辜罹难，社会动荡难安，绝对的“止戈”，并不可能实现。所以，老子主张：迫不得已使用战争手段时，仍当奉“慈”“俭”“不敢为天下先”为要义；胜方不要得意扬扬，因为战争没有绝对的赢家——这显然是对穷兵黩武者的警告。

在这样的前提下，用兵之道、制胜之理，自然就不是逞勇使力，而是不争之德和谦卑之风；采取守势、胸怀悲悯的一方，反而能够获得胜利。《孙子兵法·火攻》亦云：“主不可以怒而兴师，将不可以愠而致战。”提醒君主切不可因一时激愤而发动战争，将帅更不可因一时愤懑而草率出战，总而言之，必须慎之又慎。战的目的，是为了不战；战的最高境界，是“不战而屈人之兵”，所谓“苟能制侵凌，岂在多杀伤”。(杜甫《前出塞》）历代贤哲的告诫，今人万不可忘。

《论语》

论为政

为政以德，譬如北辰，居其所而众星共之。(《论语·为政》)

大意

当政者用道德教化治理国家，他就会像北极星那样，处在一定的位置上，而其他众星井然有序地环绕着它。

点评

强调“为政以德”的意义。

君子之德，风；小人之德，草。草上之风，必偃。(《论语·颜渊》)

大意

君子的品德就像风；小人的品德就像草。风吹向哪边，草就跟着倒向哪边。

点评

君子之德如风；小人之德如草。风行草偃，很形象地说明了德化的力量。

有君子之道四焉：其行己也恭，其事上也敬，其养民也惠，其使民也义。(《论语·公冶长》)

大意

他具有君子的四种道德品行：他的行为庄重严肃，他侍奉国君认真谨慎，他对百姓有恩惠，他役使百姓合乎道义。

点评

此句为孔子对子产的褒扬之辞。子产奉行的为臣“四道”，确实表现出一个大政治家的风范。

躬自厚而薄责于人，则远怨矣。(《论语·卫灵公》)

大意

多责备自己，少责备别人，这样就可以避免怨恨了。

点评

严以责己，宽以待人，就会少招致怨气，也自然会营造出人和人之间的和谐气氛。

恭，宽，信，敏，惠。恭则不侮，宽则得众，信则人任焉，敏则有功，惠则足以使人。(《论语·阳货》)

大意

孔子回答：庄重，宽厚，诚实，勤敏，慈惠。庄重就不会遭受侮辱，宽厚就会得到大众的拥护，诚实就会得到别人的任用，勤敏就会获得成功，慈惠就能够更好地用人。

点评

弟子子张问孔子什么是仁，孔子回答了五种美德——恭、宽、信、敏、惠。实际上是说行仁的作用，核心内容是“仁治天下”。

君子惠而不费，劳而不怨，欲而不贪，泰而不骄，威而不猛。(《论语·尧曰》)

大意

君子给老百姓好处，而自己却无所耗费；役使百姓，百姓却不怨恨；自己追求仁义，却不贪图财利；态度安泰矜持，却不骄傲；威严庄重，却不凶猛。

点评

孔子认为，从政需尊崇以上五种美德。“修身齐家治国平天下”，从政者应从修养自身做起，带动社会良好风气的普遍形成。

不教而杀谓之虐；不戒视成谓之暴；慢令致期谓之贼；犹之与人也，出纳之吝谓之有司。(《论语·尧曰》)

大意

事先不进行教育便加以杀戮，叫作虐；事先不告诫而要求立即成功，叫作暴；起先懈怠，又突然下令限期完成，叫作贼；同是给人财物，出手吝啬，叫作小家子气。

点评

孔子认为，从政还须摒弃四种恶政——“虐”“暴”

“贼”“有司”。

子路问政。子曰：“先之，劳之。”请益，曰：“无倦。”（《论语·子路》）

大意

子路问怎样管理政事。孔子说：“自己给百姓带好头，然后再役使他们。”子路请求孔子多讲一些，孔子说：“不要懈怠。”

点评

为政者要为天下先，以身作则。

知及之，仁不能守之，虽得之，必失之。知及之，仁能守之，不庄以莅之，则民不敬。知及之，仁能守之，庄以莅之，动之不以礼，未善也。（《论语·卫灵公》）

大意

凭聪明才智可以得到官职，但如果不能用仁德去保持它，即使得到了官职，也一定会失去它。凭聪明才智谋得官职，又能用仁德去保持它，但不用严肃认真的态度去对待，那百姓也不会尊敬。凭聪明才智谋得官职，用仁德保持它，又能用严肃认真的态度去对待，但不能用合乎礼节的行为去实行，也不算是尽善尽美。

点评

“知及之”，“仁能守之”，“庄以莅之”，然后守礼，做到这四点，做官办事就能尽善尽美了。

论学

君子食无求饱，居无求安，敏于事而慎于言，就有道而正焉，可谓好学也已。(《论语·学而》)

大意

君子吃不求太饱，居住不讲究舒适，办事勤快，说话谨慎，向道德高的人学习，并改正自己的缺点，这样做就可以称得上是好学了。

点评

孔子以安贫乐道、敏行慎言、孜孜求道的君子为典范，教人求学之道。

吾与回言终日，不违，如愚。退而省其私，亦足以发，回也不愚。(《论语·为政》)

大意

我整天给颜回讲学，他从来没有提出什么异议，好像很笨。等他退下，我观察他私下的言行，发现他把我传授的东西发挥得很好，可见颜回并不笨。

点评

颜回是孔子最得意的弟子，能够“闻一也知十”。孔子品评颜回，是教人吸纳颜回默记于胸、举一反三的学习方法。

学如不及，犹恐失之。(《论语·泰伯》)

大意

做学问就像追赶什么东西似的，唯恐赶不上，学到了知识还担心会忘掉。

点评

孔子教人要意识到学无止境，不断进取。

吾有知乎哉？无知也。有鄙夫问于我，空空如也。我叩其两端而竭焉。(《论语·子罕》)

大意

我有知识吗？我没有知识。有一个乡下人问我，我对他的问题本是一点也不知道的。我从问题的首尾两端去盘问，这样，这个问题就可以全部搞清楚了。

点评

本句体现孔子谦虚的态度。孔子答疑解难时，不是单纯地告知答案，而是启发对方自己去思悟。

古之学者为己，今之学者为人。(《论语·宪问》)

大意

古代的人学习是为了充实提高自己，现在的人学习是为了给别人看。

点评

孔子在两种学习目的中，显然认可前者。

子曰：“赐也，女以予为多学而识之者与？”对曰：“然，非与？”曰：“非也，予一以贯之。”（《论语·卫灵公》）

大意

孔子说：“赐（即端木赐，字子贡）呀，你以为我是学得多了才能记住的吗？”子贡答道：“是的，难道不是这样吗？”孔子说：“不是的，我是用一个基本概念贯穿知识。”

点评

“一以贯之”是孔子求学治道的四字禅。

论处世

暴虎冯河，死而无悔者，吾不与也。必也临事而惧，好谋而成者也。(《论语·述而》)

大意

空手与老虎搏斗，徒步涉水过河，死了也不后悔的人，我是不与他共事的。与我共事的必须是临事小心谨慎、善于谋划而能获得成功的人。

点评

孔子摒弃无谋之勇，推崇有智有仁的大勇。

君子易事而难说也。说之不以道，不说也；及其使人也，器之。小人难事而易说也。说之虽不以道，说也；及其使人也，求备焉。(《论语·子路》)

大意

为君子做事容易，但要讨得他的喜欢很难。以不正当的方式讨他喜欢，他是不会高兴的；但他在用人上，却能做到量才使用。为小人做事很难，但要想博得他的欢心则很容易。即使以不正当的手段去讨他喜欢，他也会高兴；但当他用人时，则会求全责备。

点评

从共事的难易角度，教人分辨君子与小人的不同。

众恶之，必察焉；众好之，必察焉。(《论语·卫灵公》)

大意

大家厌恶他，一定要去考察；大家喜爱他，也一定要去考察。

点评

需要冷静地观察与分析一个人被喜爱或被讨厌背后的原因，不要被成见蒙蔽，不要被“众议”干扰。

群居终日，言不及义，好行小慧，难矣哉！（《论语·卫灵公》）

大意

整天聚集在一起，言谈从不提道义，只喜欢卖弄小聪明，这种人很难有长进啊！

点评

孔子认为，大家聚在一起，应该切磋学问、互相责善，以助于进德修业，如果整日做着卖弄聪明的表演秀，就难以达到进德修业的目标。

可与言而不与言，失人；不可与言而与之言，失言。知者不失人，亦不失言。（《论语·卫灵公》）

大意

可以说的时候不说，可能会失掉朋友；不该说的时候说，可能会得罪人。聪明人既不会失去朋友，也不会说错话。

点评

交友应该坦诚，应为“诤友”，但并不意味着可以出言无忌，要照顾友人的情感。

论礼

恭近于礼，远耻辱也。（《论语·学而》）

大意

对别人尊重恭敬，符合礼，才能远离耻辱。

点评

强调恭敬有礼的意义。

礼，与其奢也，宁俭；丧，与其易也，宁戚。(《论语·八佾》)

大意

就一般礼节仪式来说，与其过分奢侈，不如朴素节俭；就办丧事而言，与其在仪式上大操大办，不如内心真正悲哀。

点评

林放问“礼的根本是什么”，孔子做出了这样的回答。

能以礼让为国乎？何有？不能以礼让为国，如礼何？（《论语·里仁》）

大意

能够用礼让来治理国家吗？这有什么困难呢？如果不能用礼让来治理国家，又怎样来对待礼仪呢？

点评

孔子强调礼让在治国中的重要性。

君子博学于文，约之以礼，亦可以弗畔矣夫。（《论语·雍也》）

大意

君子广泛地学习文献，再用礼节来加以约束，也就不会离经叛道了。

点评

为人处世合乎“礼”，用“礼”约束自己，是立德、立功、立言的基础。

恭而无礼则劳，慎而无礼则葸，勇而无礼则乱，直而无礼则绞。(《论语·泰伯》)

大意

注重态度端庄，却不知礼，就未免徒劳；只知谨慎小心，却不知礼，就流于畏缩懦弱；专凭血气之勇，却不知礼，就会闯祸；心直口快，却不知礼，就会尖刻刺人。

点评

“恭”“慎”“勇”“直”都是美好的品质，但离开了“礼”，便会失去正确的导向。

乡人饮酒，杖者出，斯出矣。(《论语·乡党》)

大意

同本乡人一起喝酒的仪式结束后，要等老年人都离席了，才能离席。

点评

这是宴席上的尊老礼仪。

不知礼，无以立也。(《论语·尧曰》)

大意

不懂得礼节，就站不住脚。

点评

强调“礼”对立人立身的作用。

四子侍坐

子路、曾皙、冉有、公西华侍坐①。

子曰："以吾一日长乎尔，毋吾以也。居则曰：'不吾知也！'如或知尔，则何以哉？"

子路率尔而对曰："千乘之国，摄乎大国之间，加之以师旅，因之以饥馑；由也为之，比及三年，可使有勇，且知方也。"

夫子哂之②。

"求！尔何如？"

对曰："方六七十，如五六十，求也为之，比及三年，可使足民。如其礼乐，以俟君子。"

"赤！尔何如？"

对曰："非曰能之，愿学焉。宗庙之事，如会同③，端章甫④，愿为小相焉⑤。"

"点！尔何如？"

鼓瑟希，铿尔，舍瑟而作⑥，对曰："异乎三子者之撰。"

子曰："何伤乎？亦各言其志也！"

曰："莫春者⑦，春服既成，冠者五六人，童子六七人，浴乎沂⑧，风乎舞雩⑨，咏而归。"

夫子喟然叹曰："吾与点也！"

三子者出，曾皙后。曾皙曰："夫三子者之言何如？"

子曰："亦各言其志也已矣！"

曰："夫子何哂由也？"

曰："为国以礼，其言不让，是故哂之。"

"唯求则非邦也与？"

"安见方六七十如五六十而非邦也者？"

"唯赤则非邦也与？"

"宗庙会同，非诸侯而何？赤也为之小，孰能为之大？"（《论语·先进》）

注释

① 子路：仲由，字子路，以政事见称，为人伉直鲁莽，好勇力，事亲至孝。曾皙：曾点，字皙，故称曾皙，春秋末期鲁国人，乃儒家"宗圣"曾参之父。冉有：冉求，字子有，故称冉有，尊称冉子，多才多艺，尤擅长理财，曾担任季氏宰臣。公西华：公西赤，字子华，又称公西华，具有非常优秀的外交才能。

② 哂（shěn）：微笑。

③ 会同：古代诸侯会盟和朝见天子。会，诸侯不定期朝见天子，后来两诸侯国君相见也叫会。同，众诸侯一起定期朝见天子。

④ 端：一种礼服。章甫：一种礼帽。"端"和"章甫"这里都是名词做动词。

⑤ 相（xiàng）：在祭祀或盟会时主持礼赞和司仪的人，又分大相和小相。卿大夫主持礼赞，称为大相；士主持礼赞，称为小相。

⑥ 作：站起来。

⑦ 莫春：即暮春、晚春。莫，同“暮”。

⑧ 沂：水名，在今山东曲阜市南。

⑨ 舞雩（yú）：鲁国求雨的坛，在今山东曲阜东南。古代求雨之祭，叫“雩祭”，因求雨时巫人会在坛上歌舞，故称舞雩。

大意

子路、曾皙、冉有、公西华陪孔子坐着。

孔子说：“不要因为我年纪比你们大一点，就约束而不敢畅所欲言。（你们）平时总说：‘没有人了解我呀！’假如有人了解你们，你们打算怎么做呢？”

子路急忙回答：“一个拥有一千辆兵车的国家，夹在大国之间，受到别国军队的侵犯，接着又遇上饥荒；如果让我去治理这个国家，等到第三年，就可以使人民勇敢善战，而且还懂得遵守礼义。”

孔子听了，微微一笑。

（孔子又问：）“冉求！你怎么样？”

（冉有）回答说：“一个纵横各六七十里或五六十里

的国家，如果让我去治理，等到第三年，就可以使老百姓富足起来。至于礼乐教化，那就只有等待君子了。”

（孔子又问：）“公西赤！你怎么样？”

（公西华）回答说：“我不敢说能做到什么，但我愿学着去做。在宗庙祭祀，或者诸侯会盟、朝见天子时，我愿意穿着礼服、戴着礼帽，做一个小相。”

（孔子又问：）“曾点！你怎么样？”

（曾皙）弹瑟正接近尾声，瑟声渐渐稀疏下来，“铿”的一声，他把瑟放下直起身来，回答说：“我和他们三人的志向不一样。”

孔子说：“那有什么关系呢？不过是各自谈谈自己的志向罢了！”

（曾皙）说：“暮春时节，穿上春天的衣服，我和五六位成年人、六七位少年，到沂河洗澡，在舞雩台上吹吹风，再一路唱着歌走回家。”

孔子长叹一声说：“我赞成曾点的想法呀！”

子路、冉有、公西华都出去了，曾皙最后走。曾皙问孔子：“他们三个人说的话怎么样？”

孔子说：“也不过是各自谈谈自己的志向罢了！”

（曾皙又）问：“您为什么笑仲由呢？”

（孔子）回答：“治理国家要讲礼让，可他的话却一点不谦虚，所以笑他。”

（曾皙问：）“难道冉求所讲的不是国家大事吗？”

（孔子回答：）“怎见得纵横六七十里或者五六十里的地方就不是国家呢？”

（曾皙问：）“公西赤所讲的不是国家大事吗？”

（孔子回答：）“宗庙祭祀、诸侯会盟、朝见天子，不是诸侯国的大事又是什么？（公西赤是个十分懂得礼仪的人，但他只说愿意学着做一个小相。）如果公西赤只能做小相，那么谁来做大相呢？”

点评

“四子侍坐”是《论语》中少有的具有完整故事情节的一章，也是孔子的“课堂实录”。它以言志为主线，将孔子师徒的言谈举止生动地展现出来，从中我们可以观察到子路、冉有、公西华、曾皙这四位孔子高足各自的性格特点，以及儒家“足食足兵”“礼乐治国”的政治思想。子路性格直率、信心十足，却失之于鲁莽，不懂得谦逊，因此受到孔子的哂笑；冉有为人谦虚、实事求是；公西华敏而好学，但过于谦逊而趋向保守，孔子希望他再自信一些；曾皙洒脱，淡泊于功名，他的话似乎与政治无关，其实描绘的是一个太平社会的缩影，即形象化的礼乐之治的盛世，这与孔子的思想最为契合。

整个对话中，孔子始终没有以“师者”和“长者”自居，而是作为一位倾听者、对话者和启发者，这给教学带来一种平等、轻松、和谐的气氛，使学生们能够毫无保留地畅谈自己的理想，发表自己的看法，提出自己的疑问，学生的主体性由此得到体现，而孔子作为教育家的风范及其循循善诱的教学态度也展露无遗。

《晏子春秋》

社鼠猛狗，治国之患

景公问于晏子曰："治国何患？"

晏子对曰："患夫社鼠。"

公曰："何谓也？"

对曰："夫社，束木而涂之，鼠因往讬焉[①]，熏之则恐烧其木，灌之则恐败其涂，此鼠所以不可得杀者，以社故也。夫国亦有焉，人主左右是也。内则蔽善恶于君上，外则卖权重于百姓，不诛之则乱，诛之则为人主所案据，腹而有之，此亦国之社鼠也。人有酤酒者，为器甚洁清，置表甚长，而酒酸不售，问之里人其故，里人云：'公狗之猛，人挈器而入[②]，且酤公酒，狗迎而噬之，此酒所以酸而不售也。'夫国亦有猛狗，用事者是也。有道术之士，欲干万乘之主，而用事者迎而龁之[③]，此亦国之猛狗也。左右为社鼠，用事者为猛狗，主安得

无壅[4]，国安得无患乎？”（《晏子春秋·内篇问上》）

注释

① 讬：同“托”。

② 挈（qiè）：提。

③ 龁（hé）：咬。

④ 壅：蒙蔽。

大意

齐景公询问晏子说：“治国最害怕的是什么？”

晏子回答：“害怕土地庙里的老鼠。”

齐景公接着问：“为什么这么说呢？”

晏子回答：“那土地庙，是捆束木板再涂抹泥土修建成的，老鼠在此处掘巢做窝，人们用火熏烤，害怕烧毁木柱；用水浇灌，又害怕冲毁泥土，这些老鼠之所以不能被杀死，是因为土地庙的缘故。国家也有这样的老鼠，君主左右的小人就是。朝堂之内，他们对国君蒙蔽善恶；朝堂之外，他们玩弄权术，压榨百姓。不诛除他们，则会危害国家；诛除他们，他们却又受到国君的庇护，甚至视他们为心腹，这些人就是国家的社鼠。有个卖酒的人，装酒的器具都很干净，门前的招牌也很醒目，但他的酒放酸了也卖不出去。他问邻居这是什么缘故，邻居说：‘你家的狗太凶猛了，人们提着酒罐进店里买你家的酒，狗就迎面扑上去咬人，这就是酒放酸了都卖不出去的原因。’国家也有这种凶猛的狗，就是那些专权的大臣。有治国方法的贤人，想见国君，权臣们就会迎上去诽谤他们，这些人就是国家的猛狗啊。君王身边的人是社鼠，当权的人是猛狗，君王怎么能不被蒙蔽，国家怎么能没有忧患呢？”

点评

领导者治理一个组织，最苦的是左右“社鼠”的媚上和用事者“猛狗”的欺下。他们往往打着拥护领导者的幌子，暗地里干着离心离德的事情。晏子此处所暗示的治国之道，无非养德、养力。所谓养德，就是要剔除“社鼠”，亲近贤人；所谓“养力”，就是要剔除“猛狗”，使有识之士可以为国效力。

《墨子》

论自知自省

夫知者必量其力所能至而从事焉。(《墨子·公孟》)

大意

明智的人一定要先评估自己的能力，再动手做事。

点评

墨子告诫求学者要“量力而学”时，说了这句话。

论养民

爱民谨忠，利民谨厚。(《墨子·节用》)

大意

爱护百姓极为尽心，造福百姓极为丰厚。

点评

“爱”出自情感，“利”考虑经济，墨子强调二者结合，统治者出台任何政策法令，都应最大限度地照顾民众的利益。

《孟子》

论修养

推恩足以保四海，不推恩无以保妻子。(《孟子·梁惠王上》)

大意

齐宣王问孟子“不肯干”与“不能干”的区别，孟子回答，“挟太山以超北海”，说“做不到”是真的做不到；而“为长者折枝（搔痒）”，说“做不到”是不愿意去做。孟子进而说道：“老吾老以及人之老，幼吾幼以及人之幼，天下可运于掌”，“故推恩足以保四海，不推恩无以保妻子”。古代的圣贤所以超过一般人，就是善于推行他们的好品行罢了。

点评

孔子主张“己所不欲，勿施于人”，自己不愿意做的事情，不要强加在别人身上。孟子则予以进一步的充实与提高，他的着眼点不再只是注重自己的道德品质和志向操守，还要以身作则，影响、帮助别人，把恩惠推广给周围的人。这是高尚的行为，然而有人却打着“我做不到”的挡箭牌，放弃完善自己。孟子一针见血地辨明了“不去做”与“做不到”的本质不同，激励人们去做一个懂得爱人的良善之人。

我善养吾浩然之气。(《孟子·公孙丑上》)

大意

公孙丑问孟子有什么特长，孟子说：“我知言，我善养吾浩然之气。”公孙丑问什么是“浩然之气”，孟子说，“其为气也，至大至刚”，“是集义所生者，非义袭而取之也。行有不慊于心，则馁矣”。意思是：这种气，最宏大，最刚强。它是正义的长期修养和积累所产生的，不是做一件正义之事就能突然得到的。一旦干了内心愧疚的事，这气就会衰弱。

点评

孟子讲的“我善养吾浩然之气”的气，是源于体内的一种物质的气。孟子认为，这种体内的气与精神上的志气、气质紧密相关。当一个人结合自己的“道义”修养，坚持不懈地培养自己的气，发展到“至大至刚”、充沛全身并“塞于天地之间”的时候，也就具有了自信自强、无所畏惧的精神境界。这样的人也就是具有“浩然之气”的人。

富贵不能淫，贫贱不能移，威武不能屈，此之谓大丈夫。(《孟子·滕文公下》)

大意

什么样的人才称得上是大丈夫呢？孟子提出了他的标准：大丈夫，要以天下为己任，以仁、义、礼为终生言行准则，为实现自己的伟大理想坚持不懈、勇往直前。不仅如此，还应经受得住以下考验：富贵不能淫，贫贱不能移，威武不能屈。这响当当的语言，掷地有声。如果能在金钱诱惑、贫困煎熬、强权压迫下，仍然不改心志、不放弃理想，那就是真正的强者，就是顶天立地的大丈夫！

点评

古人常说“文如其人”，宋代大儒王应麟在《困学纪闻》中指出：“富贵不能淫，贫贱不能移，威武不能屈，孟子泰山岩岩之气象也。”可见，孟子关于“何为大丈夫”的论述，正是孟子自我人格的写照。

苟得其养，无物不长

孟子曰：“牛山之木尝美矣[1]，以其郊于大国也，斧斤伐之，可以为美乎？是其日夜之所息，雨露之所润，非无萌蘖自之生焉[2]，牛羊又从而牧之，是以若彼濯濯也[3]。人见其濯濯也，以为未尝有材焉，此岂山之性也哉？

“虽存乎人者，岂无仁义之心哉？其所以放其良心者，亦犹斧斤之于木也，旦旦而伐之，可以为美乎？其日夜之所息，平旦之气，其好恶与人相近也者几希，则其旦昼之所为，有梏亡之矣[④]。梏之反覆，则其夜气不足以存；夜气不足以存，则其违禽兽不远矣。人见其禽兽也，而以为未尝有才焉者，是岂人之情也哉？

“故苟得其养，无物不长；苟失其养，无物不消。孔子曰：‘操则存，舍则亡；出入无时，莫知其乡[⑤]。’惟心之谓与？”（《孟子·告子上》）

注释

① 牛山：在齐国都城临淄南部。

② 萌蘖（niè）：树木萌发新芽。

③ 濯（zhuó）濯：光秃的样子。

④ 梏（gù）亡：谓因受束缚而致丧失。梏，古代用于铐手的刑具。

⑤ 乡：通“向”，所向，趋向。

大意

孟子说：“牛山上的树木曾经长得很茂盛，现在因为它长在大都市的郊外，经常被刀斧砍伐，怎能保持其茂美呢？虽然它日夜生长，有雨露的滋润，并非没有新枝嫩芽生长出来，但紧接着人们放羊牧牛，致使它变成了光秃秃的样子。人们见到它光秃秃的样子，便误以为它不曾生长过成材的树木，这难道是山的本性吗？

“在一些人身上，也有类似的情况，难道他们就没有仁爱之心吗？他们之所以失去了善良之心，是由于像用刀斧对待树木那样，天天砍伐它的善良之心，又怎么能茂美呢？尽管他们日夜息养善心，接触清晨的清明之气，他们的爱憎也与一般人有相近之处，但是他们第二天的所作所为，又把这些善的气息销蚀了。反复的销蚀，使夜里息养的善心不能存留下来；夜里息养的善心不能存留下来，人便跟禽兽相距不远了。别人看见他近似禽兽的一面，便以为他根本未曾有过善良的资质，这难道是他的本质实情吗？

“因此，如果得到一定的养护，没有什么事物是不能生长的；如果失去养护，没有什么事物是不消亡的。孔子说：‘把握住就能存留，舍弃就会消亡；出入没有一定的时候，就不知道何去何从。’这就是针对人心而言的吧。”

点评

孟子把人性的仁义善良比喻为一座林木茂盛的山。这座山一旦遭到日复一日的砍伐，遭受过度放牧的损害，便不再林木茂盛，而是光秃秃的了。接着，孟子又将山的破坏过程与人类善心丢失的过程相联系，从而得出一个带有普遍性的结论：“苟得其养，无物不长；苟失其养，无物不消。”这个富于哲理的结论，值得我们深思。

孟子在人性上主张善良，在政治上主张仁政，在做人上主张爱人。这不仅是孟子对人提出的理想要求，也是他的美好愿望。为了这一理想的实现，孟子提出了“养”的观点，即社会环境要对善良的东西予以保护和培养，个人在日常生活中也要把握住自己的善心并坚持不懈地加以培育。这一观点，至今对我们个人的成长和社会的发展也是大有益处的。

“我善养吾浩然之气”，孟子的论养之道详尽而深刻，从中我们可以领略到养人、养正、养德、养贤，以及万物天地之养的真谛。

《庄子》

林回弃璧

子独不闻假人之亡与[1]？林回弃千金之璧，负赤子而趋。或曰："为其布与？赤子之布寡矣；为其累与？赤子之累多矣。弃千金之璧，负赤子而趋，何也？"林回曰："彼以利合，此以天属也。"夫以利合者，迫穷祸害相弃也；以天属者，迫穷祸害相收也。(《庄子·山木》)

注释

① 假：国名。

大意

你没听过假国人逃亡的事情吗？林回抛弃了价值千

金的玉璧，背着婴儿逃走。有人问："这样做是为了钱财吗？婴儿并不比玉璧值钱；是因为负担吗？婴儿比玉璧可累赘多了。抛弃价值千金的玉璧，背着婴儿逃走，为什么呢？"林回说："和玉璧在一起是因为利益，和婴儿在一起是因为天性。"基于利益的结合，在遇到困苦灾祸的时候就会彼此抛弃；基于天性而产生的联系，在遇到困苦灾祸的时候会互相收留。

点评

《庄子》，也称《南华经》，道家经典之一。全书三十三篇，分内篇、外篇、杂篇三部分。一般认为，内篇为庄子自著；外篇大部分为庄子手笔；部分为后学所编纂；杂篇则多为门徒后学所推衍。

这段故事之后是非常有名的"君子之交淡若水，小人之交甘若醴（lǐ，美酒）。君子淡以亲，小人甘以绝"。就是说，纯粹基于利益的交往虽然能得到一些好处，却非常容易断绝。

在困窘中抛弃玉璧选择婴儿，体现了人性的光辉，当然是值得大书特书的。不过在日常生活中，合理的利益需求与人性其实是没有冲突的。人生而有限，所能经历的时空有限，会饿、会冷、会痛、会死，肉体的威胁历历可数，所以自然选择了群居，并根据日常的亲疏远近以确定彼此实施帮助的程度。

区分亲疏，除了无法选择的血缘，就看平时的往来了。这些往来，大多是要伴随利益的，年节喜事的红包礼品、日常资源的彼此共享、请人帮忙之后的物质回馈……这与向当权者行贿不同，利益的交换，已经由人们的现实需要沉淀为了一种礼节。

君子之交不以利益作为交往的动机和目的，但并不刻意屏蔽一切利益因素。天下熙熙，皆为利来；天下攘攘，皆为利往。君子爱财，取之有道。如何在不伤大义的前提下合理地为人为己获取利益，需要智慧和严格的自控能力。

鲁侯养鸟

昔者海鸟止于鲁郊，鲁侯御而觞之于庙[①]，奏九韶以为乐，具太牢以为膳[②]。鸟乃眩视忧悲，不敢食一脔[③]，不敢饮一杯，三日而死。此以己养养鸟也，非以鸟养养鸟也。(《庄子·至乐》)

注释

① 御：迎。觞（shāng）：酒杯，谓以酒招待。

② 太牢：古代祭祀时，牛、羊、猪三牲全备为“太牢”。

③ 脔（luán）：切成小块的肉。

大意

从前有只海鸟飞落在鲁国郊外，鲁侯把它迎进太庙，给它酒喝，演奏《九韶》的音乐，准备牛羊猪给它作为食物。海鸟目眩而悲伤，不敢吃一块肉，不敢喝一杯酒，过了三天就死了。这是按人的生活习性养鸟，不是用养鸟的方法在养鸟。

点评

庄子继承了老子道的学说，同时通过对各家各派，特别是儒家儒学的探究，去充实自己的学术。书中有多篇谈及儒家，本段文字便是借孔子的话来阐述道家的义理。

这段文字之前说，孔子弟子颜回要去齐国，孔子忧心忡忡，说颜回一定会去大谈仁义之言，而齐王如果发现自己没有这些品质，就会对颜回产生不满，然后孔子讲了这个故事。

本段选自外篇中的《至乐》。“至乐”即最大的快乐，取首句中的二字作为题目，同时表明全篇的中心。什么是最大的快乐？庄子认为，顺应自然，就可以得到最大的快乐。一切事物都有自己的特性，无视物性，违背自然之性，把人的愿望意志强加于他物，就会扼杀物的生命。庄子以鲁侯养鸟的故事，批评某些人习惯于“以己养养鸟”的思维，从而宣扬了道家哲学依循自然、尊重物性的精神。

无私不争

吴王浮于江，登乎狙之山。众狙见之，恂然弃而走，逃于深蓁。有一狙焉，委蛇攫抓，见巧乎王。王射之，敏给搏捷矢。王命相者趋射之，狙执死。王顾谓其友颜不疑曰：“之狙也，伐其巧，恃其便，以敖予，以至此极也。戒之哉！嗟乎！无以汝色骄人哉！”颜不疑归而师董梧，以锄其色，去乐辞显，三年而国人称之。（《庄子·徐无鬼》）

大意

吴王泛舟于长江，登上猕猴山。众猕猴见到他，惊惶地四散奔逃，躲进了荆棘丛林的深处。有一只猴子，它从容不迫地在树枝间来回跳跃，在吴王面前显示它的灵巧。吴王用箭射它，它敏捷地接住飞来的利箭。吴王命令左右随从一起上前来射，猴子躲避不及而被射死。吴王对他的朋友颜不疑说："这只猴子夸耀它的灵巧，自恃它的敏捷而蔑视于我，以至于丧了命！要以此为戒啊！唉，不要用傲气对待他人啊！"颜不疑回去后便拜贤士董梧为师，用以铲除自己的傲气。颜不疑舍弃淫乐，辞去显荣，三年之后吴国的人都称赞他。

点评

人们常说"满招损，谦受益"，还说"木秀于林，风必摧之"，都是让人不要自满，不要露才扬己。骄傲自满的人，往往会失败。曹操兵败赤壁，一方面因为诸葛亮、周瑜计谋过人，另一方面因为他自视太高；李自成没几天便丢了北京城，也是自满所致。至于露才扬己，结局也很糟糕。猴子自以为有才能，要在吴王面前露一手，结果中箭而死。有财富的人要是夸耀财富，也不会长久。李白诗云：“功名富贵若长在，汉水亦应西北流。”这是人世间的常理。如果不想自取其咎，就要不以富贵骄人、不以才能傲人，而且在功成业就之后，还要急流勇退或韬光养晦。

《商君书》

智者不安于故习

公孙鞅曰[①]："子之所言[②]，世俗之言也。夫常人安于故习，学者溺于所闻。此两者，所以居官而守法，非所与论于法之外也。三代不同礼而王[③]，五霸不同法而霸[④]。故知者作法，而愚者制焉；贤者更礼，而不肖者拘焉。拘礼之人，不足与言事；制法之人，不足与论变。君无疑矣。"（《商君书·更法》）

注释

① 公孙鞅：商鞅，战国时期卫国人，著名政治家、思想家，先秦法家代表人物。

② 子：你，这里指秦孝公的大臣甘龙，守旧派的代表人物，反对变法。

③ 三代：对中国历史上夏、商、周三个朝代的合称。

④ 五霸：即春秋五霸，指春秋时期被推为盟主的五位国君。有两种说法：一种是齐桓公、晋文公、秦穆公、吴王夫差和越王勾践；另一种是齐桓公、晋文公、秦穆公、宋襄公和楚庄王。

大意

公孙鞅说："您所说的这些话，正是社会上流俗之人的言论。平庸的人往往安于旧的习俗，读死书的人局限在他们听说过的事情上。这两种人，只能被安置在官位上遵守旧法，却不能在旧有的法度之外讨论变法革新的事。夏、商、周这三个朝代的礼制各不相同，却都能称王于天下；春秋五霸各自的法制也不相同，却能先后称霸诸侯。所以有智慧的人能创立新法，而愚笨的人只能墨守旧法；贤能的人能变革旧礼，而没有才能的人只能受旧礼的束缚。受旧礼制约的人，不能够同他商讨国家大事；被旧法限制的人，不能够同他讨论变法革新。国君您不要再迟疑不定了。"

点评

战国时期，秦国国君孝公召集商鞅、甘龙和杜挚三位大臣共议国是，为的是探讨政法的本务，预测世事的变化，寻求治理民众的方法。甘龙提出“知者不变法而治”的观点后，商鞅对这一保守复古思想进行了驳斥，选文即来源于此。作为法家代表的商鞅，有着不断创新、锐意改革的独特气质。他认为一切法律和制度都应随时势的变化而变化，一个安于现状、不思变革的国家，注定要被时代所抛弃。商鞅的一番话说得秦孝公颔首称善，决心变法。秦国由此走上了富强之路。

《荀子》

论自知自省

同游而不见爱者，吾必不仁也；交而不见敬者，吾必不长也；临财而不见信者，吾必不信也。(《荀子·法行》)

大意

与人相处而不被友爱，一定是因为自己没有关爱别人；与人交朋友却得不到尊敬，一定是因为自己没有尊重别人；碰上与钱财有关的事时得不到信任，一定是因为自己不够守信。

点评

曾子善于通过别人对自己的态度检视、修正自己的行为。

论养民

轻田野之税，平关市之征，省商贾之数，罕兴力役，无夺农时，如是，则国富矣。夫是之谓以政裕民。(《荀子·富国》)

大意

减轻农田税收，整治关卡集市的赋税，减少商人的数量，少搞劳役，不耽误农时，像这样，国家就会富裕了。这就是用政策使民众富裕。

点评

荀子主张“以富民为富国”的理念。

君子小人因何不同

材性知能，君子小人一也。好荣恶辱，好利恶害，是君子小人之所同也，若其所以求之之道则异矣。小人也者，疾为诞而欲人之信己也，疾为诈而欲人之亲己也，禽兽之行而欲人之善己也。虑之难知也，行之难安也，持之难立也，成则必不得其所好，必遇其所恶焉。故君子者，信矣，而亦欲人之信己也；忠矣，而亦欲人之亲己也；修正治辨矣，而亦欲人之善己也。虑之易知也，行之易安也，持之易立也，成则必得其所好，必不遇其所恶焉。是故穷则不隐，通则大明，身死而名弥白。小人莫不延颈举踵而愿曰："知虑材性，固有以贤人矣。"夫不知其与己无以异也，则君子注错之当，而小人注错之过也。故孰察小人之知能，足以知其有余，可以为君子之所为也。譬之越人安越，楚人安楚，君子安雅，是非知能材性然也，是注错习俗之节异也。(《荀子·荣辱》)

大意

资质、本性、智慧、才能，君子、小人是一样的。喜欢荣耀而厌恶耻辱，爱好利益而憎恶祸害，这是君子、小人的相同之处，至于他们用来求取荣耀与利益的途径就不同了。小人随意妄言却还要别人相信自己，竭力欺诈却还要别人亲近自己，行为如禽兽却还要别人赞美自己。他们考虑问题难以明智，做起事来难以稳妥，坚持的东西难以成立，结果就一定无法得到他们所喜欢的荣耀和利益，并且必然会遭受他们所厌恶的耻辱和祸害。至于君子，对别人说真话，也希望别人相信自己；对别人忠诚，也希望别人亲近自己；善良正直，处世合宜，也希望别人赞美自己。他们考虑问题明智，做起事来稳妥，坚持的主张容易成立，结果就一定能得到他们所喜欢的荣耀和利益，一定不会遭受他们所厌恶的耻辱和祸害。所以他们穷困时名声也不会被埋没，而通达时名声就会显赫，去世以后名声会更加辉煌。小人无不伸长脖子、踮起脚跟，羡慕地说：“这些人的智慧、思虑、资质、本性，肯定有超过别人的地方啊！”却不知君子的资质、才能与自己并没有什么不同，只是君子将它措置得当，而自己将它用错了地方。所以仔细地考察一下，就能够知道小人的智慧才能是足以做到君子所做的一切的。打个比方来说，越国人习惯于越国，楚国人习惯于楚国，君子习惯于雅正之地，这并不是智慧、才能、资质、本性造成的，这是对自身资质、才能的措置以及习俗环境的节制不同所造成的啊。

点评

《荀子·荣辱》一文全面阐释荀子的荣辱观。本文为节选。在荀子心中，好“荣”“利”、远“辱”“害”，是人的天性，人遵守道德，归根结底是为了趋利避害。所以，他揭示出良好的道德行为必能带给人积极回报的道理。《论语·里仁》亦言：“富与贵，是人之所欲也；不以其道得之，不处也。贫与贱，是人之所恶也；不以其道得之，不去也。”富贵荣利，如何取之有“道”？荀子认为，须遵循礼义法度，重视师法教化，今人细思，必能悟出自己的“道”。

《韩非子》

力而俭者富

今世之学士语治者多曰："与贫穷地以实无资。"今夫与人相若也，无丰年旁入之利，而独以完给者，非力则俭也；与人相若也，无饥馑疾疚祸罪之殃，独以贫穷者[1]，非侈则惰也[2]。侈而惰者贫，而力而俭者富。今上征敛于富人以布施于贫家，是夺力俭而与侈惰也，而欲索民之疾作而节用，不可得也。(《韩非子·显学》)

注释

① 饥馑疾疚祸罪：谷物不熟为饥，蔬菜不熟为馑，久病为疚。

② 惰（duò）：通"惰"。

大意

当今学者谈论治理国家的问题时总是说："给贫穷的人一些土地，以便这些没有资财的人充实富裕起来。"现在情况是，那些和别人条件相似，既没有碰上丰收的年成，也没有其他额外的收益，却唯独能够自给自足的人，不是因为勤劳，就是由于节俭；那些和别人的条件差不多，没有受到饥荒、疾病、灾祸、刑罚的伤害，却偏偏贫穷的人，不是因为奢侈，就是由于懒惰。奢侈又懒惰的人会贫穷，勤劳而节俭的人能富足。现在君主向富足的人家征收财物去施舍贫穷的人家，这是掠夺勤俭节约者的财物而送给奢侈懒惰的人，这样还想让民众勤快耕作、省吃俭用，是根本办不到的。

点评

自古以来，勤俭节约就是中华民族的传统美德，修身、齐家、治国都离不开这一优良传统。韩非子讲的很明确：资财相当的人，在客观条件相同的情况下，有的富有，有的贫困，其原因就在于是否勤劳节俭。古人曾说："俭，德之共也；侈，恶之大也。"新中国成立初期，有一首歌唱得好："勤俭是咱们的传家宝，社会主义离不了。"可见，勤俭绝不是小气，而是一种操守，是一种品行，是一种素养，是一种文明，应该被广泛传承。大到国家，小到家庭，不分贫富大小，如果勤俭文明之风盛行，将是国之本、家之幸、民之福。

观镜正己

古之人目短于自见，故以镜观面；智短于自知，故以道正己。镜无见疵之罪，道无明过之怨。目失镜则无以正须眉，身失道则无以知迷惑。西门豹之性急[①]，故佩韦以自缓[②]；董安于之心缓[③]，故佩弦以自急。故以有余补不足，以长续短之谓明主。(《韩非子·观行》)

注释

① 西门豹：战国时魏国政治家。

② 韦：熟牛皮，这里指柔韧的皮带。

③ 董安于：春秋时晋国赵简子的家臣。

大意

古人因为眼睛看不到自己的容貌，所以用镜子照自己的面容；鉴于自己的智慧不足以发现自身的过失，所以用道理端正自己的行为。镜子如实映照出人脸上的污点，并不是它的过错；道理折射出人的失误，并不是和人有仇怨。人不借助镜子就不能修整自己的胡须和眉毛，不借助道理就不能发现自己行为上的过失。西门豹自知性情急躁，所以佩带柔韧的熟牛皮带，告诫自己不要操之过急；董安于性情迟缓，所以佩带紧绷的弓弦，提醒自己不可犹豫不决。所以用有余补不足，用长处来补救短处，就可以称得上英明之君。

点评

古代，镜子由于其无差别映照万物的物理特性，人们在使用它的同时，还赋予它“明”与“亮”的象征含义，以大道为镜鉴，可以使人获得智慧而心明眼亮。所以，古代常有人镜、史鉴等说法，而历史上最著名的“人镜”，自然是魏徵——唐太宗非常倚重的股肱之臣。史载，魏徵去世，唐太宗极为悲伤，望着魏徵的灵车痛哭，亲自为他书写墓碑，感慨道："魏徵没，朕亡一镜矣！"唐太宗以魏徵为镜，实际上是以魏徵常常提起的历史教训与兴亡道理为镜，正视自身缺陷，不断自我超越，方促成今人亦神往不已的贞观盛世。明君如唐太宗，能臣如西门豹、董安于，尚且需要借助他人或外物端正自身，何况普通人呢？

弥子瑕有宠于卫君

昔者弥子瑕有宠于卫君。卫国之法，窃驾君车者罪刖[①]。弥子瑕母病，人闻，往夜告弥子，弥子矫驾君车以出。君闻而贤之，曰："孝哉！为母之故，忘其犯刖罪。"异日，与君游于果园，食桃而甘，不尽，以其半啖君。君曰："爱我哉！忘其口味，以啖寡人。"及弥子色衰爱弛，得罪于君，君曰："是固尝矫驾吾车，又尝啖我以馀桃。"故弥子之行未变于初也，而以前之所以见贤而后获罪者，爱憎之变也。故有爱于主，则智当而加亲；有憎于主，则智不当见罪而加疏。(《韩非子·说难》)

注释

① 刖（yuè）：古代砍脚的酷刑。

大意

从前，弥子瑕很受卫国国君的宠爱。卫国的法律规定：私自驾国君车，要处以砍脚的酷刑。弥子瑕母亲生病，有人听说了，连夜赶去告诉弥子瑕，弥子瑕假传君命，驾着国君的车子出去了。国君听说了，认为他很贤德，说："好孝顺呀！为了母亲的缘故，竟然敢冒受刖刑的风险。"有一天，弥子瑕同国君一起在桃园游玩，他吃到一个很甜的桃子，便把这个吃了一半的桃子递给国君。国君说："这是多么爱我呀！忘记了他自己的口腹之欲而将桃子献给我吃。"等到弥子瑕年纪老了，宠爱淡薄了，得罪了国君，国君说："这个人过去假传命令驾驶我的车，又曾经给我吃剩下的桃子。"本来弥子瑕的行为，与当初并无两样，然而先前获得赞美，后来却被当成罪过，其中的原因是卫君的爱憎发生了变化。因此，受国君宠爱的，他的智谋合乎国君的心意，就更受宠爱；被国君憎恶的，他的智谋不合乎国君的心意，就会获罪并被疏远。

点评

《说难》是《韩非子》中的名篇，意为游说进言之困难。先秦诸子为实现理想抱负，多周游列国，游说权要，宣传自己的政治主张。把握游说对象——人主的真实心理，无疑是游说成功的基本前提。韩非论及言谈带来的种种危险，继而指出游说要诀，再以故事作为游说不易的例证，选文即为其中一则。

行为并无两样，只因得宠与失宠的区别，而获得截然不同的评价，固然折射出古时大权在握者阴晴难测、喜怒无常的复杂心理，也同样警示今人：当对他人的行为做出评判，以致影响决策时，要时刻自省，是否抱持先入为主的主观心态，过于简单粗暴地加以褒贬；是否只凭刻板印象，以贴标签的方式代替审慎思考；是否戴着有色眼镜，却自以为公正明断。

公仪休拒不受鱼

公仪休相鲁而嗜鱼，一国尽争买鱼而献之，公仪子不受。其弟谏曰：“夫子嗜鱼而不受者何也？”对曰：“夫唯嗜鱼，故不受也。夫即受鱼，必有下人之色；有下人之色，将枉于法；枉于法则免于相，虽嗜鱼，此不必能自给致我鱼，我又不能自给鱼。即无受鱼而不免于相，虽嗜鱼，我能长自给鱼。”此明夫恃人不如自恃也，明于人之为己者不如己之自为也。(《韩非子·外储说右下》)

大意

公仪休是鲁国的宰相，他很爱吃鱼，全国的人都争相买鱼送给他，公仪休拒不接受。他的学生劝他说：“老师您爱吃鱼却不接受别人送的鱼，这是为什么呢？”公仪休回答说：“正因为我很爱吃鱼，所以我才不接受。如果接受了鱼，就必然有卑恭侍人的神色；有了卑恭侍人的神色，就可能歪曲、违背法律包庇他们；歪曲、违背了法律，就会被罢免宰相之职。到那时，即使我再爱吃鱼，别人也不一定再给我送鱼了，而我又不能自己供给自己鱼吃。如果不接受别人送的鱼，我的宰相之职就不会被罢免，那么尽管我爱吃鱼，我也能靠薪俸长期供给自己鱼吃。”这是懂得了依靠别人不如依靠自己，知道了靠别人相助不如自己帮助自己的道理。

点评

简单的一则故事蕴含着深刻的道理。鱼者，欲也。身居官位的人在欲望和诱惑面前应如何考量和取舍呢？

身居相位又嗜好吃鱼的公仪休面对他人送来的鱼，采取的方法是一概拒绝。在他看来，作为大权在握的一国之相，权力的巨臂必须要以“原则”（即“国家法纪”）为杠杆才能举得起放得下。其间，一旦出现偏差，哪怕是再细微的失误，都会由量变引起质变，从而带来不必要的麻烦甚至灾难。因此，公仪休以最坦然的心态做到了“律己”，不仅保住了自己的职位和俸禄，更得到了为官遵纪守法、清正廉明的赞誉。

《孝经》

孝为至德

仲尼居，曾子侍。子曰："先王有至德要道，以顺天下，民用和睦，上下无怨。汝知之乎？"曾子避席曰[①]："参不敏，何足以知之？"子曰："夫孝，德之本也，教之所由生也。复坐，吾语汝。身体发肤，受之父母，不敢毁伤，孝之始也。立身行道，扬名于后世，以显父母，孝之终也。夫孝，始于事亲，中于事君，终于立身。《大雅》云：'无念尔祖，聿修厥德[②]。'"(《孝经·开宗明义章》)

注释

① 避席：离开座位表示尊重。

② 聿：语助词。厥：其，他们的。

大意

孔子在家闲坐，曾参陪伴着他。孔子说：“古代圣王有一种最高的德行、最重要的道理，用来顺服天下民心，百姓因此和睦，君臣上下没有怨恨。你知道这是什么吗？”曾参离开座位恭敬地回答：“曾参并不聪明，怎么能够知道呢？”孔子说：“这便是孝道，孝是德行的根本。回到座位上去吧，我告诉你。人的躯干四肢毛发皮肤，都是从父母那里接受来的，不敢使它们受到损伤，这是实行孝道的开始。修养自身，推行道义，扬名于后世，使父母因而声名尊贵，这是实行孝道的归宿。孝道，从侍奉父母开始，中间阶段是效忠君王，最后成就自身，这才是孝道的完满。《诗经·大雅·文王》说：‘怎能不追念你的祖先？修持自身来继承光大他们的美德。’”

点评

《孝经》大致编著于战国早期，作者已不可考。它是中国古代儒家伦理学经典性的著作，在中国历史上产生过长期、深刻与广泛的影响。

本文是《孝经》的开篇，揭示了《孝经》的宗旨，说明孝道的重要性。孔子说："夫孝，天之经也，地之义也，民之行也。"孝，是指一种基于血缘的人伦关系，是子女对父母的感恩与回报；孝道，是根据自然规律而产生的人伦法则。《孝经》不仅要求人爱敬自己的双亲，还要在此基础上，把它推广到社会，以便做到"老吾老，以及人之老"，从而使整个社会长幼有序，爱意融融；同时，它绝不强调盲目服从，而提倡从下至上的谏诤，体现儒家以道义为贵的精神和相互负责的人际观，避免了毫无是非观的愚孝。

以孝治天下

子曰："昔者明王之以孝治天下也，不敢遗小国之臣[①]，而况于公、侯、伯、子、男乎[②]？故得万国之欢心，以事其先王。治国者不敢侮于鳏寡[③]，而况于士民乎？故得百姓之欢心，以事其先君。治家者不敢失于臣妾，而况于妻子乎？故得人之欢心，以事其亲。夫然，故生则亲安之，祭则鬼享之。是以天下和平，灾害不生，祸乱不作。故明王之以孝治天下也如此。《诗》云：'有觉德行，四国顺之。'[④]"（《孝经·孝治章》）

注释

① 小国之臣：小国派来的使臣，因地位较为低下，所以容易被疏忽怠慢。

② 公、侯、伯、子、男：周朝分封诸侯的五等爵位。

③ 治国者：指治理封国的诸侯。鳏（guān）：失去妻子的男人。寡：丧夫守寡的女人。

④“有觉”二句：语出《诗经·大雅·抑》。觉，大。四国，四方之国。

大意

孔子说：“从前，圣明的君王是以孝道治理天下的，即便是小国的使臣都待之以礼，不敢遗忘与疏忽，更何况是公、侯、伯、子、男这样的诸侯呢？所以，圣明的君王会得到各国诸侯的爱戴和拥护。诸侯会帮助君王筹备祭典，参加祭祀先王的典礼。治理封国的诸侯，即便是鳏夫和寡妇都待之以礼，不敢轻慢和欺侮，更何况对士人和平民呢？所以，诸侯会得到百姓的爱戴和拥护。百姓会帮助诸侯筹备祭典，参加祭祀祖先的典礼。治理采邑的卿大夫，即便是婢妾仆人都待之以礼，不敢使他们失望，更何况对其妻子、儿女呢？所以，卿大夫会得到众人的爱戴和拥护。众人会齐心协力地帮助主人，奉养他们的双亲。正因为这样，父母在世时，能够过上安乐、祥和的生活；父母去世后，灵魂能够安享祭奠。也因此，天下祥和太平，没有风雨、水旱等自然灾害，也没有叛乱等人祸的发生。所以，圣明的君王以孝道治理天下，就会出现这样的太平盛世。《诗经》中说：‘天子有伟大的道德和品行，四方之国家无不仰慕归顺。’”

点评

《孝治章》意在阐释以孝道治理天下的道理。全篇论述层次分明，无论是君王，还是诸侯，抑或卿大夫，只有履行孝道，才能获得众人的爱戴和拥护，才能让父母双亲安详地生活，继而实现“天下和平，灾害不生，祸乱不作”的太平盛世。这里所说的“孝道”，已不是简简单单的孝顺之意，而是包含着谦和、礼让、爱敬等中华民族优秀的思想，而这正是为政者应当具备的德行素质。正如《孟子》所言：“爱人者，人恒爱之；敬人者，人恒敬之。”西汉的孔安国也说：“上下行孝，爱敬交通，天下和平，人和神说（通“悦”），故妖孽不生，祸乱不起也。”

孝者，德之本

曾子曰："甚哉，孝之大也！"子曰："夫孝，天之经也，地之义也，民之行也。天地之经，而民是则之①。则天之明，因地之利，以顺天下。是以其教不肃而成②，其政不严而治。先王见教之可以化民也③，是故先之以博爱，而民莫遗其亲；陈之以德义，而民兴行；先之以敬让，而民不争；导之以礼乐，而民和睦；示之以好恶，而民知禁。《诗》云：'赫赫师尹，民具尔瞻。'④"（《孝经·三才章》）

注释

① 则：效法，作为准则。

② 肃：严厉的统治手段。

③ 教：这里指合乎天地之道与人性人情的教育。

④ 赫赫师尹，民具尔瞻：语出《诗经·小雅·节南山》。师尹，周太师尹氏。

大意

曾子说："太伟大了！孝道是多么博大而高深呀！"

孔子说："孝道犹如天上日月星辰的循环运转、地上万物的自然生长一样天经地义，它也是人类最为根本的品行。天地有其固定不变的规律和法则，人类也将实行孝道奉为准则而严格遵循。效法天上的日月星辰，遵循那不可变易的规律；凭借地上的山川湖泽，获取赖以生存的便利，因势利导地治理天下。因此，对民众的教化，不需要采用严厉的手段就能获得成功；对民众的管理，不需要采用严苛的办法就能治理得好。古代的圣王看到通过教育可以感化民众，所以亲自带头实行博爱，于是就没有人会遗弃自己的双亲了；向民众讲述德义，于是民众就跟着去实行；带头恭敬谦让，于是民众就不会互相争斗抢夺了；制定礼乐来引导和教化民众，于是民众就能和睦相处了；向民众宣传什么是正确的，什么是错误的，于是民众就能够辨别是非，不会违犯法令了。《诗经》里说：'威严显赫的太师尹氏啊，人民都在仰望着你！'"

点评

《孝经》是一部讲授孝道的儒家经典，位列十三经之一。全书围绕"孝"这一核心内容，阐发了儒家的伦理道德思想。书中指出，孝是一个人品性的根本，国君可以用孝道治国，臣民也可以通过谨守孝道来安身立命。《孝经》文字简要通俗，思想却通彻深刻，为后世所推崇。唐玄宗就曾亲自对其加以注释和推广。

本文选自《孝经》的《三才章》，“三才”是指天、地、人，语出《周易·系辞下》：“有天道焉，有人道焉，有地道焉。兼三才而两之，故六。”意思是说《周易》囊括了天、地、人三方面的内容，天、地、人三才两两相生相对，于是演化出六爻。《三字经》也说：“三才者，天地人。”这段文字记录了孔子与曾子师徒间的对话。针对曾子对孝道伟大之赞叹，孔子进而阐发了孝与天、地、人三才的关系。作为天之经、地之义、民之行，孝道是自然规律的体现，也是人类行为的准则，更是国家政治的根本。这是《孝经》的基本观点，也是全书理论的基石。

自古以来，重孝就是中华民族的传统美德。“汉文帝亲尝汤药”“陆绩怀橘遗亲”“黄庭坚涤亲溺器”的故事，至今仍令我们感动。经过数千年绵延传继，孝道已经成为中华民族的基因，植根于中国人内心。2014 年 12 月 20 日，在中国社会福利基金会主办的“中华孝道孝行天下”大型公益主题活动中，由公民个人及民间组织首倡，将每年的这一天设立为“中华孝道日”，体现了当今社会对中华孝道文化的高度尊崇与大力弘扬。

《春秋公羊传》

吴子使季札来聘[①]

吴无君、无大夫[②]，此何以有君、有大夫？贤季子也。何贤乎季子？让国也。其让国奈何？谒也、馀祭也、夷昧也[③]，与季子同母者四，季子弱而才，兄弟皆爱之，同欲立之以为君。谒曰："今若是迮而与季子国，季子犹不受也，请无与子而与弟，弟兄迭为君，而致国乎季子。"皆曰："诺！"故诸为君者，皆轻死为勇，饮食必祝，曰："天苟有吴国，尚速有悔于予身。"故谒也死，馀祭也立。馀祭也死，夷昧也立。夷昧也死，则国宜之季子者也。季子使而亡焉。僚者[④]，长庶也，即之。季子使而反，至而君之尔。阖庐曰[⑤]："先君之所以不与子国而与弟者，凡为季子故也。将从先君之命与，则国宜之季子者也。如不从先君之命与，则我宜立者也，僚恶得为君乎？"于是使专诸刺僚[⑥]，而致国乎季子。季子不受，曰："尔弑吾君，吾受尔国，是吾与尔为篡也。尔杀吾兄，吾又杀尔，是父子兄弟相杀，终身无已也。"去之延陵[⑦]，终身不入吴国。故君子以其不受为义，以其不杀为仁。(《春秋公羊传·襄公二十九年》)

注释

① 吴子：这里指吴国国君馀祭。札：季子，名札，春秋时吴王寿梦第四子。聘：古代诸侯国之间派使者相问的一种礼节。

② 吴无君、无大夫：《春秋公羊传》以"诸夏"为内，以"夷狄"为外，认为吴国是不知礼仪的夷狄，所以说它没有君、没有大夫。

③ 谒、馀祭、夷昧：都是吴王寿梦的儿子。

④ 僚：吴王寿梦妾所生的长子，季札的异母兄。

⑤ 阖庐：吴国公子光即吴王位后的号，《史记》认为他是谒之子。

⑥ 专诸：吴国勇士、杀吴王僚的刺客。阖庐让专诸将匕首藏在鱼腹中，进献给王僚时，突然取出匕首将其刺杀。专诸也被王僚左右侍卫所杀。

⑦ 延陵：季札的食邑，在今江苏常州，故季札又称"延陵季子"。

大意

吴国无国君、无大夫，这里为什么承认它有国君、有大夫呢？为了表明季子的贤德。为什么认为季子贤德呢？因为他辞让了国君之位。他辞让国君之位是怎么回事呢？谒、馀祭、夷昧与季子是同母所生的四兄弟。季子年幼而有才能，兄长们都喜欢他，一致想立他做国君。谒说：“现在如果就这样仓促地把君位给他，季子是不会接受的。我请求将国君之位不传给儿子而传给弟弟，由弟弟依次接替哥哥做国君，最后把君位传给季子。”大家都说：“好！”所以几个哥哥在位时都轻视死亡而做勇猛之事，每次吃饭必定祈祷，说：“上天如果让吴国存在下去，就让我们早点遭难吧。”所以谒死了，馀祭做国君。馀祭死了，夷昧做国君。夷昧死了，国君的位置应当属于季子了。当时季子正出使在外，僚是庶长子，就即位了。季子出访回国，就把僚当作国君。阖庐说：“先君所以不传位给儿子，而传位给弟弟，都是为了季子的缘故。要是遵照先君的遗命，国君就应该交给季子来做；要是不照先君的遗命，那么我该是国君。僚怎么能做国君呢？”于是派专诸刺杀僚，而把国家交给季子。季子不接受，说：“你杀了我的国君，我接受了你给的君位，那么就是我和你一起篡位了。你杀了我哥哥，我又杀了你，这样父子兄弟相残杀，一辈子没完没了了。”于是（季子）离开国都到了延陵，终身不入吴国国都。所以君子认为季子不接受君位是义，反对互相残杀是仁，称许他的贤德。

点评

鲁襄公二十九年（公元前544年），吴王馀祭派公子季札访问鲁国，《左传》对此事的经过有详细记载。其实，吴国在公子季札的父亲寿梦时就已称王，但中原诸国还是视吴国为蛮夷之邦，讲究微言大义的《春秋》记事称之为“吴子”，“子”的爵位在公、侯、伯之下，所以是贬称。《公羊传》更是出于“内诸夏、外夷狄”的偏见，认为《春秋》中用“吴子”是肯定吴国“有君”，用“聘”是肯定吴国“有大夫”，而蛮夷之邦是不该有君、有大夫的，《春秋》的用词实际是抬高了吴国的地位。选文就这一问题进行了阐释，全文层层递进、步步深入，以事实说明吴国公子季札的贤明、仁德、礼让和深明大义，季札的行为和道德品质打破了诸夏对吴国“蛮夷之邦”的偏见，使吴国的地位得到了提高。从这个故事我们可以得到一个启示：一个国家的地位高低不由其人口多寡、地理位置优越与否等因素决定，而是与这个国家的人口素质、文明程度有很大关系。

《春秋公羊传》，又称《公羊传》，是儒家经典之一，相传为子夏的弟子、战国时齐人公羊高所著；记事上起鲁隐公元年（公元前 722 年），止于鲁哀公十四年（公元前 481 年）。与《左传》以记载史实为主不同，《公羊传》释史十分简略，而是以问答的方式着重阐释《春秋》中蕴含的“微言大义”。后世今文经学家时常把它作为谈论政治的工具，同时它也是研究先秦至汉儒家思想的重要资料。

《春秋穀梁传》

虞师、晋师灭夏阳[1]

非国而曰灭，重夏阳也。虞无师，其曰师，何也？以其先晋，不可以不言师也。其先晋，何也？为主乎灭夏阳也。夏阳者，虞、虢之塞邑也。灭夏阳而虞、虢举矣。

虞之为主乎灭夏阳，何也？晋献公欲伐虢，荀息曰[2]：“君何不以屈产之乘、垂棘之璧[3]，而借道乎虞也？”公曰：“此晋国之宝也。如受吾币而不借吾道，则如之何？”荀息曰：“此小国之所以事大国也。彼不借吾道，必不敢受吾币。如受吾币而借吾道，则是我取之中府，而藏之外府；取之中厩，而置之外厩也。”公曰：“宫之奇存焉[4]，必不使受之也。”荀息曰：“宫之奇之为人也，达心而懦，又少长于君。达心则其言略，懦则不能强谏，少长于君，则君轻之。且夫玩好在耳目之前，而患在一国之后，此中知以上乃能虑之[5]。臣料虞君中知以下也。”公遂借道而伐虢。

宫之奇谏曰：“晋国之使者，其辞卑而币重，必不便于虞。”虞公弗听，遂受其币而借之道。宫之奇谏曰：“语曰：‘唇亡则齿寒。’其斯之谓与！”挈其妻子以奔曹[⑥]。

献公亡虢，五年而后举虞。荀息牵马操璧而前曰：“璧则犹是也，而马齿加长矣[⑦]。”（《春秋穀梁传·僖公二年》）

注释

① 虞：春秋时期小诸侯国，在今山西平陆。晋：春秋时诸侯国，都于绛（今山西翼城附近）。晋国攻打虢国，必须经过虞国境内。夏阳：虢国邑名，又称下阳邑，在今山西平陆东北。

② 荀息：晋献公最亲信的大夫，食邑于荀，亦称荀叔。

③ 屈：北屈，晋国地名，在今山西吉县北，盛产良马。乘（shèng）：古代以一车四马为一乘。这里专指马。垂棘：晋国地名，在今山西潞城县北，出产美玉。

④ 宫之奇：虞国大夫。

⑤ 知：同“智”。

⑥ 曹：春秋时期小诸侯国，在今山东省荷泽市定陶区西南。

⑦ 马齿：通过看马的牙齿可以知道马的年龄。

大意

（夏阳）不是一个国家而说它灭亡，是看重夏阳被攻占这件事。虞国没有出动军队，而《春秋》经文中说到军队，这是为什么呢？因为在晋国出兵前，虞国就已经把夏阳推入了死地，所以不能不说虞国也出动了军队。为什么它在晋国出兵前就把夏阳推入死地了呢？因为灭夏阳，虞国是主谋。夏阳是虞、虢两国交界处的一个要塞。灭掉夏阳，虞、虢两国也就可以攻下来了。

说虞国是灭掉夏阳的主谋，这是为什么呢？晋献公想要攻打虢国，荀息说："君主为什么不用屈地出产的马、垂棘出产的美玉，向虞国借道呢？"献公说："这是晋的国宝，如果虞国接受了我的礼物而不借道给我，那该怎么办？"荀息说："这些东西是小国用来服侍大国的。虞国不借道给我们，就一定不敢接受我们的礼物。如果接受了我们的礼物，而借道给我们，那么，我们只不过是把美玉从宫中的库房里取出来，藏在宫外的库房里；把良马从宫内的马厩中牵出来放在宫外的马厩而已。"献公说："宫之奇在虞国，一定不让国君接受礼物的。"荀息说："宫之奇的为人，虽然内心通达，但性情懦弱，又是从小和虞君一起长大的。心里明白，话就说得简短；性情怯懦，就不会坚决谏阻；和虞君一起长大，虞君就不重视他。况且虞君喜欢的珍宝就在眼前，而亡国之灾却要在另一个国家灭亡之后，这是中等智力以上的人才能考虑到的。我料想虞君是中等智力以下的人。”于是，晋献公就向虞国借道攻打虢国。

宫之奇劝谏说：“晋国的使者言辞谦卑而礼物厚重，一定对虞国没有好处。”虞国国君不听，接受了晋国的礼物而借道给晋国。宫之奇又劝谏道：“俗话说‘唇亡齿寒’，这大概就是说虢国和虞国的关系吧！”于是他带着妻子、儿女逃到曹国去了。

晋献公灭了虢国，鲁僖公五年，又占领了虞国。荀息牵着马、捧着璧，来到晋献公跟前说：“璧还是老样子，马却变老了。”

点评

“虞师、晋师灭夏阳”是《春秋》经文中的一句，《穀梁传》从用词和史实的角度对此句进行了解释和阐发。鲁僖公二年（公元前 658 年），晋献公准备伐虢。虞国地处晋、虢之间，若绕道则受阻于中条山。晋国大夫荀息献计，以重礼贿赂虞国国君，欲借道伐虢。虞国贤臣宫之奇看出晋国居心叵测，有各个击破、一箭双雕的用意，劝谏虞国国君不要上当。然而，面对宝物，虞国国君非但听不进谏言，反而自告奋勇地出兵打头阵，帮助晋国攻下了虢邑夏阳。最终的结果是晋国灭掉虢国，不久之后又灭掉了虞国。《穀梁传》用这段史事深刻地说明了“唇亡齿寒”的道理，警示后世治国者不可贪图小利，而要志向远大，着眼于国家的长远利益。

《春秋穀梁传》又称《穀梁传》，为儒家经典之一，与《左传》《公羊传》同为解说《春秋》的著作。记事时间起于鲁隐公元年（公元前 722 年），终于鲁哀公十四年（公元前 481 年）。作者相传是子夏的弟子，战国时鲁国人穀梁赤。起初也是口头传授，至西汉才成书。它着重宣扬儒家礼义教化，是我们研究先秦到西汉初年儒家思想的重要资料。

《仪礼》

言谈之礼

与君言，言使臣；与大人言[①]，言事君；与老者言，言使弟子；与幼者言，言孝弟于父兄；与众言，言忠信慈祥；与居官者言[②]，言忠信。凡与大人言，始视面，中视抱[③]，卒视面，毋改。众皆若是。若父则游目[④]，毋上于面，毋下于带。若不言，立则视足，坐则视膝。（《仪礼·士相见礼》）

注释

① 大人：这里指卿大夫。

② 居官者：士以下的官吏。

③ 抱：即衣服的交领以下、腰带以上的部位。

④ 游目：目光游移。子对父的态度以孝为主，而不以敬为主，所以说话时目光不必专注于一处，可以在一定范围内游移。

大意

与君主谈话，所言着重于如何使用臣下；与卿大夫谈话，所言着重于如何奉事君上；与年老的长辈谈话，所言着重于如何教育弟子；与年幼者谈话，所言着重于如何孝悌父兄；与一般人谈话，所言着重于如何以忠信慈祥处世；与士以下的官吏谈话，所言着重于如何忠信奉公。凡是与卿大夫说话，要注意自己视线的位置：开始时要看着对方的脸，观察其气色，看能否开口说话；说完话后，视线要移到对方的胸部，以示尊敬，并给对方思考的时间；最后再将视线移到对方脸部，观察他是否已采纳自己的意见；整个过程，体态、容颜不要随便变动。对在座的其他卿大夫，也都应如此。如果是与父亲说话，目光则可以游移，但上不得高于其面部，那样显得傲慢；下不得低于其腰带，那样显得忧愁。如果对方不再说话，那么视线要落在他行走时最先动作的部位：对方站立则视其足部，坐则视其膝部。

点评

中国素有礼仪之邦的美誉。礼仪作为处理人与人之间相互关系的行为规范和道德准则，往往反映一个人的文明素质、精神状态，也反映一个国家的整体风貌和社会进步程度。早在春秋时期，儒家创始人孔子就强调了礼的重要性："不学礼，无以立。"清代学者颜元进一步提出："国尚礼则国昌，家尚礼则家大，身有礼则身修，心有礼则心泰。"

选文主要记载了古代人际交往时的言谈礼仪，周密细致；涉及谈话对象、谈话内容、面部神态、视线位置等内容，集中反映了中国人"尚德"与"恭敬"的内在品质。如今，随着时代的发展，古代礼仪中的一些"繁文缛节"虽被现代礼仪程式所取代，但其基本理念，如视交往对象不同而言行有别，是不变的；特别是中华礼仪反映出的伦理道德思想，是中华民族优秀传统文化的精髓，也是中国立于世界民族之林的前提。

《仪礼》是中国最早的一部关于礼的文献，与《礼记》《周礼》合称"三礼"。今通行本《仪礼》共十七篇，主要记载了古人（包括国君、诸侯、卿、大夫、士）从成人、结婚到丧葬的各种礼节，以及他们交往、燕飨、朝聘、乡射、大射等各种政治和社会活动中的礼仪规范。《仪礼》作为儒家经邦治国的煌煌大典之一，历朝礼典的制定，大多以其为重要依据，对中国文化产生了深远影响。

《礼记》

诚其意，毋自欺

所谓诚其意者，毋自欺也。如恶恶臭，如好好色，此之谓自谦①，故君子必慎其独也。小人闲居为不善，无所不至。见君子而后厌然②，揜其不善而著其善③。人之视己，如见其肺肝然，则何益矣？此谓诚于中，形于外，故君子必慎其独也。曾子曰："十目所视，十手所指，其严乎！"富润屋，德润身。心广体胖，故君子必诚其意。(《礼记·大学》)

注释

① 谦：通"慊"（qiè），满足。

② 厌然：躲躲藏藏的样子。

③ 揜（yǎn）：同"掩"，掩盖。

大意

所谓使自己的意念诚实，就是说不要自己欺骗自己。就像厌恶污秽的气味，就像喜爱美丽的颜色，这样才能说自己心安理得，所以君子在独处时一定要保持谨慎的态度。那些没有道德修养的人在闲居独处的时候，什么坏事都做得出来。当他们见到有道德修养的人时，却又躲躲藏藏企图掩盖自己所做的坏事，并装出一副似乎做过好事的模样，设法显示自己的美德。每个人审视自己的时候，都像能看到肝肺一样（直视内心），（自欺的结果只能是底气不足），那么（自欺）还有什么用吗？这就叫作内心的真诚会直达外表，所以君子在独处的时候一定会谨慎小心。曾子说："十只眼睛看着，十只手指着，多么令人畏惧啊！"财富可以装饰房屋，品德可以修养身心，使心胸宽广而身体舒泰安康。所以，品德高尚的人一定要使自己的意念真诚。

点评

《礼记》又称《小戴礼记》，由西汉戴圣对秦汉以前的礼仪著作加以辑录编纂而成，与《周礼》《仪礼》合称

“三礼”。

“慎独”一词最早就出自《大学》《中庸》。所谓“慎独”，指的是一个人在独处独知的时候，要谨慎不苟，即使没有其他人的注视、监督和觉察，自己也要谨慎行为，符合道德标准。正如东汉郑玄所说：“慎独者，慎其闲居之所为。”

《大学》一文的核心是“诚意”，即意念真诚，不欺人，也不自欺，而“慎独”正是“诚意”的具体方法与表现。选文两次提到“君子必慎其独”，也证明了“慎独”对“诚意”的重要作用。既然是方法，“慎独”就需要被实践，即需要进行自我品行修炼，培养慎独的本领与造诣，这虽非易事，却是达到理想道德境界的必由之路。

大道之行，天下为公

昔者仲尼与于蜡宾①，事毕，出游于观之上②，喟然而叹。仲尼之叹，盖叹鲁也。言偃在侧曰③：“君子何叹？”孔子曰：“大道之行也④，与三代之英⑤，丘未之逮也，而有志焉。大道之行也，天下为公，选贤与能，讲信修睦。故人不独亲其亲，不独子其子，使老有所终，壮有所用，幼有所长，矜寡孤独废疾者⑥，皆有所养。男有分，女有归。货，恶其弃于地也，不必藏于己；力，恶其不出于身也，不必为己。是故谋闭而不兴，盗窃乱贼而不作，故外户而不闭。是谓大同。”（《礼记·礼运》）

注释

① 仲尼：孔子名丘，字仲尼。蜡（zhà）：年终举行的祭祀，又称蜡祭。

② 观（guàn）：宗庙门外两旁的楼。

③ 言偃：孔子的弟子，字子游。

④ 大道：指太平盛世的社会准则。

⑤ 三代：指夏、商、周三朝。

⑥ 矜（guān）：同“鳏”，老而无妻的人。寡：老而无夫或丧夫的人。孤：年幼无父的人。独：年老无子的人。

大意

从前，孔子曾参加鲁国的蜡祭。祭祀结束后，孔子来到宗庙门外的楼台上游览，不禁感慨而叹。孔子的感叹，大概是为鲁国而发的。弟子言偃在一旁问道：“老师为什么叹气呢？”孔子说：“大道实行的时代，以及夏、商、周三代明君当政的时代，我都没能赶上，而内心深怀向往。在大道实行的时代，天下为天下人所共有，国家选拔任用贤能之人，人人都讲究诚信、崇尚和睦。因此，人们不只赡养自己的父母，不只抚育自己的子女，而是使年老者能够安享天年，使年壮者能够发挥所能，使年幼者能够健康成长，使鳏寡孤独和残疾人都能够得到供养。男子人尽其用、各有职业，女子及时婚配、各有归属。对于财货，人们憎恨把它扔在地上的行为，却不一定要自己私藏；人们都愿意为公众之事竭尽全力，却不一定为自己谋私利。因此，不会有人搞阴谋诡计，明抢暗偷、作乱害人的事情都不会发生，所以人们不用关闭大门来彼此防范。这就叫作大同社会。”

点评

《礼记》中《礼运》一篇，主旨是记录孔子以前帝王时代的礼乐因革。不过，使此篇脍炙人口的原因倒不在于它的主题，而是冠于篇首的“大同”思想，为后世描绘了一幅理想的社会图景。

“大同”思想不仅反映了儒家的政治历史观，同时也是中国传统文化的核心与主流，特别是其中“天下为公”的理念，对后世产生了深远影响。清末政治家、思想家康有为著有《大同书》，论及世界大同的社会理想，阐释变法维新的政治主张。中国民主革命的开拓者和先行者孙中山，也推崇“天下为公”的政治理念，将之奉为中国革命事业的指导思想以及毕生的追求。随着时代的发展，“天下为公”的大同思想得到进一步拓展和深化。2014 年 6 月 28 日，在和平共处五项原则发表 60 周年纪念大会上，习近平主席援引“大道之行也，天下为公”，表达中国人民追求公平正义、坚持和平发展的美好夙愿。

子路问强

子路问强。子曰：“南方之强与？北方之强与？抑而强与？宽柔以教，不报无道[①]，南方之强也，君子居之。衽金革[②]，死而不厌，北方之强也，而强者居之。故君子和而不流，强哉矫[③]！中立而不倚，强哉矫！国有道，不变塞焉，强哉矫！国无道，至死不变，强哉矫！”（《礼记·中庸》）

注释

① 报：报复。无道：无理强横之人。

② 衽（rèn）：卧席，此处指躺卧。

③ 矫：坚强的样子。

大意

子路问什么是强。孔子说："你问的是南方的强，还是北方的强？抑或是你认为的强？用宽厚柔和的精神去教育人，被人蛮横无礼地对待，也不报复，这是南方的强，品德高尚的人，具有这种强。枕着兵器铠甲睡觉，即便是死也在所不惜，这是北方的强，勇武好斗的人，具有这种强。所以，品德高尚的人和顺而不随波逐流，这才是真强啊！保持中立，不偏不倚，这才是真强啊！国家政治清明，不改变自己的志向，这才是真强啊！国家虽政治黑暗，但能坚持自己的操守至死不变，这才是真强啊！"

点评

以勇武有力著称的学生子路，向老师孔子发出"什么是强"的疑问，画面感十足，我们几乎可以看到他那急于得到肯定的神态，令人忍俊不禁；而如我们所愿，孔子照例没有让他得到口头表扬，而是通过"南方之强”与“北方之强”的对比，教以“中庸”大道。孔子对南北方之“强”的概括与评点，竟与今日网上对各地“掐架”特色的评价有些异曲同工：“南方人吴侬软语，吵架跟聊天似的；北方人豪爽，能动手就别吵吵。”

按理说，南方风气柔弱，与一般人所理解的“强”并不沾边，但孔子对这种宽和忍让的品行非常赞许，评曰“君子”，这与老子“柔弱胜刚强”的主张类似；至于北方“死而不厌”之“强”，并不难理解。但是，以“中庸”为标尺，则南方似有所不及，而北方又太过，这就是所谓“过犹不及”；平和而不随波逐流，保持中立，不偏不倚，无论顺境逆境，都能持守中道，这才是孔子心目中的最强者。

礼乐之用，在于和序

乐者，天地之和也；礼者，天地之序也。和，故百物皆化；序，故群物皆别。乐由天作，礼以地制。过制则乱，过作则暴[①]。明于天地，然后能兴礼乐也。论伦无患[②]，乐之情也；欣喜欢爱，乐之官也[③]。中正无邪，礼之质也；庄敬恭顺，礼之制也。若夫礼乐之施于金石[④]，越于声音，用于宗庙社稷，事乎山川鬼神，则此所与民

同也。(《礼记·乐记》)

注释

① 暴：乖戾，违背正道。

② 论伦无患：裴骃《史记集解》引王肃说："言能合道论，中伦理而无患也。"伦，伦理道德。

③ 官：功能。

④ 金石：指钟、磬之类的乐器。

大意

乐所表现的是天地间的和谐，礼所表现的是天地间的秩序。因为和谐，万物才能化育生长；因为秩序，万物才能显现出差别。乐是按照天的道理而创作的，礼是按照地的道理而制成的。礼的制定如果超过分寸就会造成混乱，乐的创作如果超过分寸会违背正道。明白了天地运行的道理，然后才能制礼作乐。合乎伦理道德，对社会没有危害，是乐的内在精神；让人欣喜欢爱，是乐的功能。中正平和而无邪念，是礼的本质；待人接物庄重恭顺，是礼的作用。至于运用乐器使礼乐得到表现，通过声音使礼乐得到传播，用于宗庙社稷的祭祀活动，用于山川鬼神的祭奠，这些事是统治者和百姓一起来掌握的。

点评

礼乐制度相传为周公所制定，《尚书大传》说：“周公摄政，一年救乱，二年克殷，三年践奄，四年建侯卫，五年营成周，六年制礼作乐，七年致政成王。”周公制礼作乐，为的就是维护人伦秩序、保障社会和谐。从选文中我们可以体会到，礼和乐二者相辅相成，共同构成了一个完整有序的社会政治文化体系，我们将其称作礼乐文明。礼乐文明在中国古代数千年的中华文明发展史上，产生了重大而深远的影响，其中蕴含的和谐有序、注重道德、中正平和、庄重恭顺等思想至今仍有强大的生命力。此外，选文还提到礼乐的制定既要符合天地间的道理（规律），又要适度、恰到好处，这说明中国人很早以前就懂得了要按照客观规律办事以及过犹不及的道理。

安上治民，莫善于礼

礼之于正国也，犹衡之于轻重也，绳墨之于曲直也，规矩之于方圆也。故衡诚悬，不可欺以轻重；绳墨诚陈，不可欺以曲直；规矩诚设，不可欺以方圆；君子审礼，不可诬以奸诈。是故隆礼、由礼谓之有方之士；不隆礼、不由礼谓之无方之民，敬让之道也。故以奉宗庙则敬，以入朝廷则贵贱有位，以处室家则父子亲、兄弟和，以处乡、里则长幼有序。孔子曰："安上治民，莫善于礼。"此之谓也。……故礼之教化也微，其止邪也于未形，使人日徙善远罪而不自知也。是以先王隆之也。《易》曰："君子慎始。差若毫厘，缪以千里。"此之谓也。(《礼记·经解》)

大意

礼对于治国，就好比用秤来衡量轻重，用绳墨来校正曲直，用规矩来画方形圆形一样。所以，如果把秤认真地悬挂起来，就不能在轻重上欺骗他人了；把绳墨认真地陈设在那里，就不能在曲直上欺骗他人了；把规矩认真地设置在那里，就不能在方圆上欺骗他人了；君子深明于礼，那么任何奸诈的言行都骗不了他。所以，重视礼、遵循礼的人，叫作有道之士；不重视礼、不遵循礼的人，叫作无道之民，礼的运用以恭敬谦让为贵。因此，把礼运用到宗庙之内，就会对祖先恭敬；把礼运用到朝廷之上，就会贵贱有别，各有适当的位置；把礼运用到家庭之内，就会父子相亲、兄弟和睦；把礼运用到乡里之中，就会形成尊老爱幼的风气。孔子说："使国家安定，使百姓和顺，没有比用礼义道德来感化更好的办法了。"说的就是这个意思。……所以，礼的教化作用是从看不见的地方开始，它禁止邪恶是在邪恶还没形成时就开始了，它使人们在不知不觉之中日积月累地弃恶扬善，所以先王对它非常重视。《周易》说："君子非常重视事情的开始。开始的时候尽管只是一点不起眼的差错，结果却会导致极大的祸害。"说的就是这个道理。

点评

这段文字是对"礼"的意义和作用的总结。中国自古被誉为礼仪之邦，"仁"和"礼"是儒家思想的两大核心。孔子的弟子有若说："礼之用，和为贵。先王之道，斯为美，小大由之。"可见，礼的最终目的是要实现天下的和谐。春秋时期齐国大臣晏婴则提出："礼之可以为国也久矣。"《左传》中也有"礼，经国家，定社稷"的句子，这些充分说明了礼与政治的密切关系，即国之治乱系于礼之兴废。所以荀子说：“礼者，治辨之极也，强国之本也，威行之道也，功名之总也。王公由之，所以得天下也；不由，所以陨社稷也。”那么，如何实行礼呢？这就需要我们怀有一颗恭敬谦让的心，在人际交往中，以相互尊重为前提，既要尊重对方，又要保持自尊；还要遵守社会公德，做到真诚友善、谦虚随和；更要时时检查自己的行为是否符合礼仪要求。如果人人都讲礼、都重礼、都懂礼、都守礼，那么这个社会一定会是安乐祥和的。

《尹文子》

为善与众行之，为巧与众能之

为善使人不能得从，此独善也。为巧使人不能得为，此独巧也。未尽巧善之理。为善与众行之，为巧与众能之，此善之善者，巧之巧者也。故所贵圣人之治，不贵其独治，贵其能与众共治也；所贵工倕之巧[①]，不贵其独巧，贵其与众共巧也。今世之人，行欲独贤，事欲独能，辩欲出群，勇欲绝众[②]。独行之贤，不足以成化[③]；独能之事，不足以周务[④]；出群之辩，不可为户说；绝众之勇，不可与征阵。凡此四者，乱之所由生。（《尹文子·大道》）

注释

① 工倕（chuí）：古之巧匠名。

② 绝众：超群出众。

③ 化：教化。

④ 周务：完成所有事务。

大意

自己做善事，却不能让别人一起为善，这是独善之人；自己做工精巧，却不能让别人一起为巧，这是独巧之人。他们没有将善、巧的道理彻底领悟。做善事，与众人同行；做巧工，与众人皆能，这才是善中之善、巧中之巧。因此，圣人治理国家的可贵之处，不在于圣人独立治理，而在于圣人能与众人共同治理国家；能工巧匠的可贵之处，不在于个人手艺精巧，而在于与众人共同成就精巧。当世之人，行动时总想凸显个人的贤德，做事时总想表现自己的能力，论辩时总想显示自己出类拔萃，展示勇敢时总想说明自己无人能比。个人行为贤德，不足以教化万民；个人行事多能，不足以完成所有事务；个人论辩出众，不足以家喻户晓；个人勇敢绝伦，不足以征战对阵。这四种情况，是国家混乱产生的缘由。

点评

尹文乃战国时期齐国人，曾游学于稷下，并游说齐湣王。其所著《尹文子》凡一卷，分大道上篇，大道下篇。《四库总目提要》云："其书本名家者流。大旨指陈治道，欲自处于虚静，而万事万物则一一综核其实，故其言出入于黄、老、申、韩之间。"本文节选自大道上篇。

《庄子·天下》载："不累于俗，不饰于物，不苟于人，不忮于众，愿天下之安宁以活民命，人我之养毕足而止，以此白心，古之道术有在于是者。宋钘、尹文闻其风而悦之。"尹文的思想主张中有一种朴素的民本观念和天下观念。《大道》一系列涉及"独""众"关系的辨析与论证，实源于此。在他看来，善、巧是人们共同的追求，但个体行善、工巧不能替代众人的行善、工巧。社会由无数个体构成，作为一个集体，社会有其独特的运行法则，社会、国家的正常运转也绝非一二圣人可以主导并左右的。诚如尹文所说，个体能力始终有限，一人之力不足以教化天下，一人行事不足以事事周全，一人善辩不足以名闻天下，一人之勇不足以冲锋陷阵。因此，即使是圣人治国，也不能仅凭一人之力便使天下大治，而要与世人共治，这是由人的社会属性决定的。应引导每个个体“为善”“为巧”，激发每个个体的力量与智慧，统筹协作，各尽其才，共同成就社会繁荣与国家兴盛。相反，如果逞一己之力，时时处处以突出自己、表现自己为目的，仅凭个人意志与强力行事，忽视他人的力量，无视众人的作用，终不免力不从心、左支右绌、漏洞百出，留下后患，进而危害国家。

《吕氏春秋》

墨者拒私

墨者有钜子腹䵍[1]，居秦，其子杀人。秦惠王曰："先生之年长矣，非有它子也。寡人已令吏弗诛矣。先生之以此听寡人也。"腹䵍对曰："墨者之法曰：'杀人者死，伤人者刑。'此所以禁杀伤人也。夫禁杀伤人者，天下之大义也。王虽为之赐，而令吏弗诛，腹䵍不可不行墨子之法。"不许惠王，而遂杀之。子，人之所私也，忍所私以行大义，钜子可谓公矣。(《吕氏春秋・去私》)

注释

① 钜（jù）子：先秦墨家对墨家大师的称呼。腹䵍（tūn）：战国时墨家大师。

大意

墨家有位大师叫腹䵍，住在秦国，他的儿子杀了人。秦惠王说："先生年岁大了，也没有别的儿子，我已经命令司法官不杀他了。希望先生在这件事情上听我的。"腹䵍回答："墨家的法律规定：'杀人者要处死，伤人者要受刑。'这是为了制止杀人、伤人的行为。制止杀人、伤人，是天下的大理。大王虽然为这事加以照顾，让司法官不杀我的儿子，但我不能不遵守墨家的法律。"腹䵍没有答应秦惠王，最终杀了自己的儿子。儿子，是每个人所偏爱的，忍心割舍自己所偏爱的而推行大义，这位大师堪称大公无私了。

点评

《吕氏春秋》又称《吕览》，是战国末年秦国思想家、政治家吕不韦召集门下宾客集体编撰的政论类著作，旨在总结历代治国经验，为君主执政提供参考。该书综合百家学说，涉及治国、齐家、修身等广泛内容，为古代从政者所重视。

《吕氏春秋·去私》开篇即论道："天无私覆也，地无私载也，日月无私烛也，四时无私行也。行其德而万物得遂长焉。”天地、日月、四时无偏私，施恩德于万物，万物因此得以生长，由此告诫当政者要像天地日月那样无私，泽及万民。本篇提到了四位贤者——尧、舜、祁黄羊、腹䵍的“去私事迹”：尧、舜禅位于贤者而非亲子，祁黄羊“内举不避亲，外举不避仇”，腹䵍去除私爱，不负墨家法纪。贤者去私贵公的精神，值得今人虚心汲取。

秦惠王见谢子

东方之墨者谢子，将西见秦惠王。惠王问秦之墨者唐姑果。唐姑果恐王之亲谢子贤于己也，对曰：“谢子，东方之辩士也，其为人甚险，将奋于说以取少主也。”王因藏怒以待之。谢子至，说王，王弗听。谢子不说[1]，遂辞而行。凡听言以求善也，所言苟善，虽奋于取少主，何损？所言不善，虽不奋于取少主，何益？不以善为之悫[2]，而徒以取少主为之悖，惠王失所以为听矣。用志若是，见客虽劳，耳目虽弊，犹不得所谓也。（《吕氏春秋·去宥》）

注释

① 说：通“悦”，高兴。

② 悫（què）：诚意。

大意

东方的墨家学者谢子，将要西行来见秦惠王。秦惠王向正在秦国的墨家学者唐姑果打听谢子的情况。唐姑果担心秦惠王亲近谢子而疏远自己，回答道：“谢子在东方是出了名的花言巧语，非常阴险，他将尽力游说，来骗取您的继承人的信任。”秦惠王因此怀着怒气等谢子来。谢子到秦国以后，向秦惠王陈述政治主张，秦惠王不听。谢子很不高兴，于是告辞离去。一个人要听别人的意见，总是希望从中受益，如果人家说的有道理，就算他是为了获取继任者的信任，又有什么损失？如果说的不正确，就算他不是为了取悦继任者，又有什么用呢？不因为别人有道理而诚心诚意相待，只是因为听说他想争取继任者的信任就不合心意，秦惠王因此错过了听取见解的好机会。有了这样的存心，即便白天黑夜辛苦会见访客，弄得头脑发涨、眼睛发花，也是得不到什么好处的。

点评

《吕氏春秋》虽出于众人之手、风格不完全统一，但其中有些文章精练短小，用事说理颇为生动。本篇即为一例。秦惠王显然犯了逻辑上的错误：一个人怀有何种最终目的，与他此时此刻言论的正确与否完全是两回事，应该区别对待。推及生活之中，我们评判他人的言论乃至行为时，抛开先见为主或道德洁癖，将注意力集中在言行本身，或许更能做出公正的判断。

武王使人候殷

武王使人候殷[①]，反报岐周曰[②]："殷其乱矣。"武王曰："其乱焉至？"对曰："谗慝胜良[③]。"武王曰："尚未也。"又复往，反报曰："其乱加矣。"武王曰："焉至？"对曰："贤者出走矣。"武王曰："尚未也。"又往，反报曰："其乱甚矣。"武王曰："焉至？"对曰："百姓不敢诽怨矣[④]。"武王曰："嘻！"遽告太公[⑤]。太公曰："……其乱至矣，不可以驾矣[⑥]。"（《吕氏春秋·慎大览》）

注释

① 候：侦察。

② 反：返回。

③ 谗慝：奸佞之臣。

④ 诽怨：指责怨恨。

⑤ 遽（jù）：赶快，疾速。太公：吕望，又名姜尚，字子牙，人称太公望，俗称姜太公，助武王伐纣有大功。

⑥ 驾：通“加”，增多。

大意

周武王派人侦察殷商国情，那人返回后，报告说：“殷商已经混乱了。”武王说：“混乱到什么程度了？”那人回答说：“奸佞之臣超过忠良之士了。”武王说：“还不算太混乱。”那人又去侦察，返回后报告说：“贤良之士已经出逃了。”武王说：“还不算太混乱。”那人再去侦察，返回报告说：“殷商混乱得很厉害了。百姓不敢指责怨恨了。”武王立即告诉太公望，太公望说：“……殷商已混乱到极点，无以复加了。”

点评

一个国家政治混乱抑或清明，会有诸多表征，周武王、太公望从诸多表征中判断出殷商王朝混乱程度逐渐加深，势必走向灭亡的趋势。在诸多表征中，朝堂上忠直之士与奸佞小人力量的消长变化会直接左右君主的决策，而决策的正确与否直接影响着国家的命运。孔子曰："危邦不入，乱邦不居。"当一个国家政治混乱、君主昏庸、小人得志，忠直贤明之士就无存身立足之地、势必远逃他邦，国家由此失去了维持稳定、稳固根基的重要力量，岌岌可危。但武王却认为，此时，尚非"乱之至"。当他得知百姓迫于淫威，对于殷商乱政敢怒不敢言，众口缄默之时，他明白，百姓已经从心底对殷商政权失望至极，势必抛而弃之。他确信，决定一个国家最终命运的是百姓，是人心向背。这条铁律不仅是古人政治智慧的结晶，更是被历史不断验证的真理。

善相人者，观人之友

荆有善相人者[①]，所言无遗策，闻于国。庄王见而问焉，对曰："臣非能相人也，能观人之友也。观布衣也，其友皆孝悌纯谨畏令，如此者，其家必日益，身必日荣矣，所谓吉人也。观事君者也，其友皆诚信有行好善，如此者，事君日益，官职日进，此所谓吉臣也。观人主也，其朝臣多贤，左右多忠，主有失，皆交争证谏，如此者，国日安，主日尊，天下日服。此所谓吉主也。臣非能相人也，能观人之友也。”庄王善之，于是疾收士，日夜不懈，遂霸天下。（《吕氏春秋·贵当》）

注释

① 荆：楚国的别称。

大意

楚国有个善于看相的人，所言从无失算，国内闻名。楚庄王召见他询问此事，他回答说：“我并非善于看相，而是能够观察人的朋友。观察平民，如果他的朋友都孝顺父母、兄弟和睦、纯厚恭谨、敬畏政令，像这样的人，家庭必然一天比一天富足，自己必然一天比一天显达，这就是所谓的吉人。观察侍奉君主的臣子，如果他的朋友都诚实守信、德行高尚、喜做善事，像这样的臣子，侍奉君主会一天比一天有所增益，官职会一天比一天晋升，这就是所谓的吉臣。观察君主，如果朝廷官员大多贤能，身边的侍从大多忠诚，君主有过失，他们都争着直言进谏，像这样的君主，国家会一天比一天安定，君主会一天比一天尊贵，天下百姓也会一天比一天敬服他。这就是所谓的吉主。我并不能给人看相，只是能观察人的朋友啊。”庄王认为他说得很好，从此极力访求贤士，日夜不懈，终于称霸天下。

点评

相人者的“观友知人”法，首先强调社交环境对个人品行潜移默化的作用，而后推进至良臣交游的一般适用性准则，最后点出君臣关系对朝政乃至国家尊严的重大影响，层层深化，令人信服。

择友之道，孔子在《论语》中曾多次提起，比较著名的原则有：“益者三友，损者三友。友直、友谅、友多闻，益矣。友便辟，友善柔，友便佞，损矣。”（《论语·季氏》）大意是：有益的朋友有三种，有害的朋友有三种：与正直的人交朋友，与诚实的人交朋友，与见多识广的人交朋友，是有益的；与玩弄手腕的人交朋友，与阿谀奉承的人交朋友，与花言巧语的人交朋友，是有害的。《孔子家语》中，孔子对弟子子夏、子贡日后的德行做出了预判：子夏会“日益”，子贡则会“日损”，因为子夏喜欢跟高尚的人交往，而子贡喜好和不如自己的人做朋友，益友损友，日夜熏染，最终结果，可想而知。所谓“不知其人视其友，不知其君视其所使”，这里，孔子也提到了观察“君”不可得，则观察“其所使”的方法。一方面，诤臣环绕，是政治清明最重要的表征之一；另一方面，有所作为的领导者，会主动寻访这类好进“苦口良药”之人，以预见国之远忧，纠正己之近失。只是决策者需要时刻提醒自己，万不可仅仅用“直士”撑起“开明”表象，而应该予以他们真正的尊重。

《战国策》

齐人谏靖郭君城薛

靖郭君将城薛[①]，客多以谏。靖郭君谓谒者："无为客通。"齐人有请者曰："臣请三言而已矣！益一言，臣请烹。"靖郭君因见之。客趋而进曰："海大鱼。"因反走。君曰："客有于此。"客曰："鄙臣不敢以死为戏。"君曰："亡，更言之。"对曰："君不闻大鱼乎？网不能止，钩不能牵，荡而失水，则蝼蚁得意焉。今夫齐，亦君之水也。君长有齐阴，奚以薛为？失齐，虽隆薛之城到于天，犹之无益也。"君曰："善。"乃辍城薛。（《战国策·齐策一》）

注释

① 靖郭君：即齐国大臣田婴，靖郭君是其封号。薛：靖郭君的封邑，在

今山东滕州南。

大意

靖郭君田婴准备在其封地薛修筑高墙，（因为会引起齐王的猜疑，）不少门客去谏阻他。田婴吩咐负责传达的人："不要为劝谏的门客通报。"有位齐国门客请求谒见田婴，说："我只说三个字就走！多一个字，我愿意接受烹杀之刑。"于是田婴接见了他。那门客小步快跑到他跟前，说："海大鱼。"然后转身就走。田婴赶忙说："这位门客请留下来！"那门客说："我可不敢拿性命当儿戏。"田婴说："没有（超过三个字就受烹刑那回事），请再说下去。"客人回答道："你没听说过海里的大鱼吗？鱼网钓钩对它无能为力，然而如果它离开了水，那么蝼蚁也能随意摆布它。（以此相比，）齐国就如同您的'水'，如果您永远拥有齐国的庇护，在薛地修筑高墙又有什么用呢？但您如果失去了齐国，即使将薛邑的城墙筑得与天一样高，也是没有任何作用的。"田婴说："对啊。"于是停止了筑城之事。

点评

这则故事揭示了两个为人处世的道理：其一，我们做一件事情，如果存有反对意见，不妨听听反对的声音，看是否说得在理。说的对，就应当采纳，从而避免自己犯错误；说的不对，可以当作一种参考，还可以显出恢弘的度量。正确的决策往往是经过反复讨论才得出的。其二，自己有实力，不要一味地去炫耀，那样只会给自己带来灾祸。要懂得低调、谦卑，并尽量让自己适应周围环境，这样才能和周围的一切相安、共同发展。

《六韬》

何为妖异

武王伐殷，得二丈夫。而问之曰：“殷之将亡，亦有妖乎？”其一人对曰：“有，殷国尝雨血，雨灰，雨石，小者如椎，大者如箕①。六月雨雪深尺余。”其一人曰：“是非国之大妖也。殷君喜以人餧虎②，喜割人心，喜杀孕妇，喜杀人之父，孤人之子。喜夺，喜诬。以信为欺，欺者为真；以忠为不忠，忠谏者死，阿谀者赏，以君子为下。急令暴取。好田猎，出入不时。喜治宫室，修台池，日夜无已。喜为酒池、肉林、糟丘，而牛饮者三千，饮人无长幼之序、贵贱之礼。喜听谗用举，无功者赏，无德者富，所爱专制而擅令。无礼义，无忠信，无圣人，无贤士，无法度，无升斛③，无尺丈，无称衡④。此殷国之大妖也。”（《六韬》）

注释

① 箕：簸箕，用来去除糠秕的工具。

② 餧：通“喂”，喂养。

③ 升斛（hú）：古代容量单位。

④ 称衡：古代用来测算重量的工具。

大意

武王讨伐殷商时，遇到两位男子，便问他们：“殷商快要灭亡了，也曾发生过妖异之事吗？”其中一个人回答说：“有。殷商曾下过血雨、灰雨、石雨，小的像铁椎，大的像簸箕。六月下雪，深达尺余。”另一个人说：“这些还都不是殷商最大的妖异之事。殷商的纣王喜欢拿活人喂养老虎，喜欢挖取人的心脏，喜欢杀害孕妇，喜欢杀掉孩子们的父亲，使他们的孩子成为孤儿。喜欢巧取豪夺、凭空诬陷。把诚信当作欺诈，而把欺诈当作真实。把忠臣视为不忠，忠心进谏者被处死；阿谀奉承者反而得到赏赐。把君子视为卑下之人。政令苛急，横征暴敛。喜好打猎，即使并非打猎之时也随心所欲，自由来去。喜好修建宫室台池，日夜不停。喜好铺排酒池肉林，酒糟成山，三千余人狂饮烂醉，毫无长幼之分、贵贱之别。喜欢听信谗言，任用谗臣举荐之人，无功者受赏、无德者富有，宠信之人独断专行、把持政令。整个国家没有礼义、没有忠信、没有圣人、没有贤士、没有法度，连容量、长度、重量都没有统一标准——这些才是殷商最大的妖异。”

点评

古人常将自然界发生的一些反常现象与国家兴亡变乱结合进行阐释，并将这些现象视作带有预言、预测性质的“妖异”。周武王伐纣时，详细询问殷商百姓是否有“妖异”现象发生，其中一人将反常的自然现象视作“妖异”，另一人则将殷商灭亡前夕一系列倒行逆施、昏庸残虐的暴政当作最大的“妖异”，告知武王。可见，在古代政治家和百姓心目中，带有神秘色彩的“妖异”现象固然值得警惕，但天道远，人道迩，政由人主，事在人为，国家兴亡与执政者的行为密切相关。殷商末代君主纣王草菅人命，荒淫暴虐，遗臭万年。《六韬》的这段记载不仅列举了纣王众多令人发指的恶行，更重要的是将殷商灭亡前夕礼义忠信的丧失、“黄钟毁弃、瓦缶雷鸣”的政治生态、圣人贤士的离心离德、社会法度规则的崩坏一一揭示出来，体现出高明的政治眼光和见解。

《六韬》，又名《太公六韬》《太公兵法》，相传为西周初年姜太公所撰，实际成书于战国晚期至秦汉之间，撰写者已不可考。《六韬》以周武王与姜太公对话的方式编写，内容以兵法为主，兼及治国理政之道，对后代军事、政治都产生了重要影响。

《孔子家语》

论为政

凡上者，民之表也，表正则何物不正？（《孔子家语·王言解》）

大意

凡是身居上位的人，都是百姓的表率，表率正还有什么不正的呢？

点评

行动的示范作用比行政命令更有效。这和《论语》里的“其身正，不令而行；其身不正，虽令不从”讲的是一个道理。

君子欲言之见信也，莫善乎先虚其内；欲政之速行也，莫善乎以身先之；欲民之速服也，莫善乎以道御之。(《孔子家语·入官》)

大意

君子要想使别人相信自己的话，最好的办法是虚心听取意见；要想政治措施被迅速推行，最好的办法是身体力行；要想使民众迅速服从，最好的办法是以正确之道来治理国家。

点评

孔子爱民、亲民的仁政思想，在任何时代都是可行的。

举贤方为真贤者

子贡问于孔子曰：“今之人臣，孰为贤？”子曰：“吾未识也。往者，齐有鲍叔，郑有子皮[①]，则贤者矣。”

子贡曰："齐无管仲，郑无子产乎[②]？"子曰："赐[③]，汝徒知其一，未知其二也。汝闻用力为贤乎？进贤为贤乎？"子贡曰："进贤，贤哉！"子曰："然。吾闻鲍叔达管仲，子皮达子产，未闻二子之达贤己之才者也。"（《孔子家语·贤君》）

注释

① 子皮：春秋时郑国大夫，年迈将退职时，推荐子产代替自己。

② 子产：春秋时郑国著名政治家、思想家。

③ 赐：子贡复姓端木，名赐。

大意

孔子的弟子子贡问孔子："当今的大臣，谁最贤德？"孔子说："我不知道。以前，齐国有个鲍叔牙，郑国有个子皮，他们是贤人。"子贡说："难道齐国贤人中没有管仲，郑国贤人中没有子产吗？"孔子说："赐啊，你只知其一，不知其二。你听说过为国家效力算贤人呢，还是推荐贤人算贤人呢？"子贡说："推荐贤才，算是贤人啊！"孔子说："正是。我只听说过鲍叔牙推荐了管仲使他显达，子皮推荐了子产使他显达，却没有听说过管仲、子产这二位推荐什么贤人使他们显达。”

点评

管仲辅助齐桓公“九合诸侯”，使得“民到于今受其赐”；子产在郑国主政，力排众议，推行改革，备受拥戴。按常理说，这样出类拔萃的人物，自然是贤人中的贤人，但孔子教导子贡说，把管仲、子产推上关键位置的荐贤者——鲍叔牙和子皮，才是真正的大贤者。但这并不代表，孔子就轻视管仲和子产的能力与政绩，恰恰相反，孔子论管仲时，由衷感慨“如其仁”，视子产为“古之遗爱”，对二人几乎都打出了最高分，只是在这个语境中，孔子特别强调虚己荐贤的重要性。

对人才的重视同样体现在《论语》中。《论语·子路》中记载弟子仲弓曾向孔子请教政事，孔子说了一句非常有名的话：“先有司，赦小过，举贤才。”箴言很短，而“举贤才”赫然在列。仲弓追问怎样才能发现贤才，孔子说：“举尔所知。尔所不知，人其舍诸？”先把你已知的贤人提拔起来。有了这样的示范作用，别人自然会帮你推荐你所不知道的贤才。这就具有“方法论”的意义了。

掣肘之害

孔子弟子有宓子贱者，仕于鲁，为单父宰。恐鲁君听谗言，使己不得行其政，于是辞行，故请君之近史二人与之俱至官。宓子戒其邑吏，令二史书，方书，辄掣其肘，书不善，则从而怒之。二史患之，辞请归鲁。

……

君以问孔子，子曰："宓不齐君子也[①]……意者以此为谏乎？"公寤[②]，太息而叹曰："此寡人之不肖，寡人乱宓子之政，而责其善者数矣；微二史，寡人无以知其过；微夫子，寡人无以自寤。"遽发所爱之使告宓子曰："自今以往，单父非吾有也，从子之制。有便于民者，子决为之。五年一言其要。"宓子敬奉诏，遂得行其政，于是单父治焉。(《孔子家语·屈节解》)

注释

① 宓（fú）不齐：宓子贱，名不齐。

② 寤：同"悟"，理解，明白。

大意

孔子弟子宓子贱在鲁国做官，将要去治理单父。他担心鲁国国君听信他人谗言，使自己不能在单父贯彻主张，于是要辞行的时候，宓子贱请求鲁君派两个史官一同赴任。到单父后，宓子贱在告诫手下官员时，命令两位史官记录下来，史官一提笔，宓子贱就在旁边不时地拉扯他们的胳膊，使得这两位史官写不好，宓子贱就怒斥他们。两位史官很为难，便告辞回到都城，把事情报告给鲁君。

……

鲁君拿这件事去询问孔子，孔子说：“宓不齐是个君子。……想来他是用此事来进谏吧？”鲁君翻然醒悟，长叹一声，感慨地说：“这是寡人的不对了，寡人扰乱他的政事主张，多次责怪他的正确做法；没有他二人此行，那么寡人就无从知晓自己的过错；如果没有夫子提醒，那么寡人就不能醒悟过来。”于是他立刻派人到单父传令：“从今以后，单父不归我管了，而是一切遵照你的规定。凡是利于百姓的事情，你决定了就办吧。五年向我汇报一次就行了。”宓子贱于是得以在单父行使其政令，单父得到了很好的治理。

点评

《孔子家语》记录孔子与其弟子及当时一些公卿大夫的问对诘答和言谈行事，书中的孔子以儒家思想为主导，兼容了道家和法家思想，人物更加生动形象，还有故事穿插其中，增加了趣味性。

这个典故是“掣肘”一词的由来。“疑人莫用，用人莫疑”这句人所共知的名言，揭示了基本的用人规则：在充分信任的前提下，实施有效的授权。宓子贱有施政才能，同时懂得巧妙地为自己争取空间；鲁君能够不浮于表面，从现象看到本质，给予宓子贱充分的信任。这样的“上司”与“下属”关系，是值得今人借鉴的。